Johannes Graichen
Hamadi im Auftrag des Pharaos

AF272813

Johannes Graichen

Hamadi im Auftrag des Pharaos

Eine Abenteuergeschichte im alten Ägypten

Bibliografische Information der Deutschen Nationalbibliothek:
Die Deutsche Nationalbibliothek verzeichnet diese Publikation
in der Deutschen Nationalbibliografie; detaillierte bibliografische Daten sind im Internet über http://dnb.dnb.de abrufbar.

Verlag: BoD · Books on Demand GmbH, In de Tarpen 42,
22848 Norderstedt

Druck: Libri Plureos GmbH, Friedensallee 273, 22763 Ham-
burg

ISBN: 978-3-7597-8785-9

Inhalt

TEIL I
Hamadi und seine Familie

TEIL II
Die Reise nach Nubien

TEIL III
Der Mokrulus

ANHANG

TEIL I

Hamadi und seine Familie

KAPITEL 1

Die Sonne neigte sich und tauchte alles in ein tiefgoldenes Licht. Diese Zeit fand Hamadi immer am schönsten. Die Feldarbeit des heutigen Tages war beendet und er begab sich nun auf den Weg nach Hause. Hamadi war ein junger Mann mit schwarzen, kurzen Haaren. Noch kürzer war der Kinnbart, der sein rundes Gesicht zierte. Er trug einen hellen Schurz aus Leinen um die Hüfte, einfache Sandalen an den Füßen und war oberkörperfrei, wie die meisten Männer im ägyptischen Pharaonenreich. Und wie die meisten war auch er ein Bauer, der sich jeden Tag um landwirtschaftliche Belange kümmerte. In diesem Moment aber machte die Arbeit Platz für die Abendstunde, die ihn und alle anderen Bauern sowie Fischer und Handwerker allmählich nach Hause rief. So ging er zwischen Feldern entlang, vorbei an Palmen und den Bäumen, die dieses Land bewuchsen, stieg über Gräben und Kanäle, in denen das Wasser des Nils geleitet wurde und ließ den Blick schweifen. Zu seiner Linken lag der große Fluss, die Lebensader dieses Landes, gesäumt von Papyrusstauden und Schilfbewuchs, tagtäglich befahren von unzähligen großen Schiffen und kleinen Booten, über dem jetzt eine Gruppe Vögel eifrig aufflog. Zu seiner Rechten begann schon in Sichtweite die karge

Wüstenlandschaft, in der es nichts als Felsen und staubigen Sandboden unter einer erbarmungslos glühenden Sonne gab, die nun allerdings tief über der Wüste im Westen stand, bevor sie vollends untergehen würde. Sie schickte ihre Strahlen, die schon rötlich-golden leuchteten, auf die Ebene und tauchte alles in eine andächtige Atmosphäre. Alles warf schon lange Schatten, so auch eine kleine Gruppe Palmen, die einen niedrigen Hügel krönten. Dieser Hügel ragte schon ein Stück weit in die Wüste hinein und war umgeben von Sand. Hamadi kannte ihn und die Palmen, die dort verbissen den Widrigkeiten der Wüste trotzten, gut, denn als Kind war er oft dorthin gegangen. Nur äußerst selten hatte er sich über diesen Punkt hinaus in das unendliche Meer aus Sand, Geröll und ewiger Trockenheit gewagt und wenn, dann nie sehr weit.

Jetzt war er auf dem Weg in die Stadt. Stolz und mächtig ragte die Stadtmauer vor ihm auf und noch höher hoben sich manche der dahinter liegenden Gebäude gen Himmel, von denen nicht wenige prachtvoll von der Bedeutsamkeit dieses Ortes zeugten. Theben war die Hauptstadt des Reiches und hier residierte der Pharao, Mentuhotep II., in einem großen Königspalast, den man von hier aus sehen konnte. Einen einfachen Bauern wie Hamadi interessierte das jedoch recht wenig. Im Moment genoss er einfach nur den schönen Abend und den Gang nach Hause. Er passierte die Stadtmauer und bahnte sich seinen Weg zwischen den einfachen Häusern und Hütten des Stadtrandes entlang, vorbei an spielenden Kindern, herumstehenden Tonkrügen, ein paar Ziegen, die ihn gleichgültig beäugten und einem Esel, der für seinen Herrn die Last trug. Auch eine Katze sah Hamadi, die mit eleganten Schritten vor ihm entlang stolzierte, um dann auf einer Treppe hochzulaufen.

Die Gassen wurden immer enger, bevor er schließlich an dem kleinen Haus ankam, in dem er mit seiner Familie wohnte. Gerade trat er ein, da begrüßte ihn schon die verärgerte Stimme seines Bruders Unas.

»Schon wieder nur so wenig«, schimpfte Unas. »Soll ich vielleicht Sand essen?«

»Jetzt hör schon auf«, erwiderte Satiah. »Du weißt genau, dass wir uns einfach nicht mehr leisten können.«

»Genau«, pflichtete Tahirah ihrer Schwester bei, »und wenn du mit unserer Auswahl nicht zufrieden bist, dann geh doch das nächste Mal selber zum Markt.«

Unas stöhnte nur, machte eine abweisende Handbewegung und verschränkte die Arme.

»Ich weiß doch, dass wir arm sind«, sagte er, »es ist nur so, ich hätte gerne mal wieder eine nahrhafte Mahlzeit. Ich habe zum Beispiel so lange keinen Fisch mehr gegessen.«

»Fisch willst du?«, stieß Satiah hervor. »Wir müssen aufpassen, dass wir jeden Tag wenigstens Brot zum Essen haben, und jetzt kommst du und willst Fisch. Weißt du, dann geh doch zum Fluss und fange dir einen. Ansonsten kannst du das nämlich vergessen.«

»Ja, ja, ich weiß«, sagte Unas. »Ich bin eben nur enttäuscht, wenn ihr vom Markt kommt und ich sehen muss, wie wenig Essen ihr mitbringt.«

»Können wir denn etwas dafür?«, fragte Tahirah ärgerlich. »Du sagst das, als täten wir das absichtlich.«

»Nein, nein«, versuchte er seine Schwester schnell zu besänftigen, »ich weiß, unsere Mittel reichen einfach nicht für mehr. Aber ich meine doch nur, dass das nicht ewig so bleiben kann. Es muss sich doch mal etwas ändern.«

»Reg dich nicht auf, Junge«, ertönte eine erschöpft klingende Frauenstimme. Es war Rehema, die Mutter der

Familie, die gerade aus einem anderen Zimmer kam – auch, wenn es kaum andere Zimmer gab, in diesem gedrungenen Haus.

»Bete zu den Göttern, das bringt vielleicht mehr«, sagte sie. »Aber jetzt finde dich mit deinem Schicksal ab, so wie wir es alle tun müssen. Wir sind arm. Das ist nun einmal so und wird auch so bleiben.«

Mit müden Schritten lief sie an der auf dem Boden liegenden Schilfmatte vorbei, auf der das wenige Essen, das Satiah und Tahirah vom Markt mitgebracht hatten, auf einem Teller lag. Sie schaute es traurig an. Dann erblickte sie Hamadi, der noch immer am Eingang stand und die Diskussion verfolgt hatte, als müsste er überlegen, ob er nicht lieber von hier verschwinden sollte.

»Ach, Hamadi ist auch da«, sagte Rehema, schien sich aber nur wenig darüber zu freuen. »Seht ihr, wenigstens haben wir noch uns selbst. Das muss reichen. Mehr brauchen Leute wie wir nicht zu erwarten.«

Damit war Hamadi zu Hause und mittendrin in den schwierigen Verhältnissen, die in seiner Familie vorherrschten. Seitdem sein Vater vor einigen Jahren eine folgenschwere Verwundung am Bein erlitten hatte, verschlechterte sich die Lage der Familie. Es geschah zu der Zeit, als Pharao Mentuhotep II. den Zusammenschluss von Ober- und Unterägypten zu einem vereinten Reich herbeiführte. Die Reichseinigung machte Ägypten ohne Zweifel wieder zu einem aufblühenden Staat, doch diese Errungenschaft wurde mit Blut bezahlt. In einem der Kämpfe, die im Zuge der Reichseinigung stattfanden, wurde Hamadis Vater am Bein verletzt, wodurch er erst gar nicht mehr laufen und dann nur noch hinken konnte. Der Vater war nicht mehr in der Lage zu arbeiten, musste aber versorgt werden, wie zum Beispiel mit gekochten Mäusen, die gekauft wurden, weil sie als Heilmittel galten. Das schmälerte die Mittel der Familie zusehends und die Armut wurde ein kritischer Zustand. Dann, vor fast zwei Jahren, verstarb er. Die Mutter Rehema, die den Verlust ihres Mannes kaum verkraften konnte, stürzte in eine Krise. Sie belastete fortan einerseits der Todesfall, andererseits die Armut und zudem war sie selbst schon in einem Alter, das für das einfache Volk Ägyptens als gehoben galt.

Nun saß sie resigniert mit ihren Kindern auf dem Fußboden vor Tellern, die mit dem Wenigen gefüllt waren, das sie hatten. Sie verbrachten das Abendessen in Gedanken und Schweigsamkeit gehüllt. Hamadi war es nur recht, dass die ohnehin bestehende Niedergeschlagenheit nicht noch in Gesprächen vertieft und gestärkt wurde.

Tahirah war es dann, die der Stille ein Ende setzte.

»Heute hat es scheinbar wieder Unruhen gegeben«, sagte sie.

»Was denn für Unruhen?«, fragte Unas.

»Ach, sie übertreibt«, warf Satiah ein und winkte ab. »Es gab nur eine Streitigkeit zwischen mehreren Leuten. Vorhin, bevor wir auf den Markt gegangen sind, haben wir es gesehen.«

»Also nur eine Auseinandersetzung, wie man sie manchmal in der Stadt sieht?«, wollte Unas genauer wissen.

»Richtig«, bestätigte Satiah.

»Das meine ich doch«, sagte Tahirah.

»Dann drücke das bitte auch so aus. Eine vorsichtigere Wortwahl wäre angebracht. Denk nur an unseren armen Vater und seine Erlebnisse mit echten Unruhen und Schlimmerem.«

Bei der Erwähnung des Vaters fielen ihre schuldbewussten Blicke auf Rehema, die jedoch abwesend schaute, als hätte sie das Gespräch gar nicht gehört. Hamadi begrüßte nun wieder das einkehrende Schweigen.

Die nicht allzu vollen Teller waren bald geleert und wurden abgeräumt. Die noch verbleibende Zeit des später werdenden Abends nutzte Hamadi für einen kleinen Spaziergang. Wie es ihm gerade in den Sinn kam, bummelte er durch die Nachbarschaft. Zwei Frauen standen vor einer Tür und unterhielten sich. Irgendwo schlich eine Katze um eine Hausecke. Als Hamadi fast wieder daheim war, traf er noch auf einen jungen Mann. Es war Emheb. Trotz der zunehmenden Dunkelheit erkannte er dessen Gesichtszüge. Seine eigenen, sozusagen, denn Emheb und Hamadi sahen sich so ähnlich, dass sie fast für Zwillinge gehalten werden konnten, obwohl zwischen ihnen keinerlei Verwandtschaft bestand. Im Kindesalter konnte man sie noch gut auseinanderhalten, doch seit ihrer Jugend sahen sie sich immer ähnlicher, was schon manchmal unter den Leuten für Verwechslungen, vor allem aber für Verblüffung gesorgt hatte. Wenn sie sich sahen, lächelten sie sich für gewöhnlich etwas verlegen an, weil sie beide über diesen kuriosen äußeren Umstand wussten. Nun arbeiteten sie beide als Bauern in der Landwirtschaft und wohnten nur zwei Häuser voneinander entfernt. Sie wechselten kaum ein Wort miteinander, begegneten sich jedoch immer mit Freundlichkeit, auch wenn diese nur distanziert war. So war es auch an diesem Abend. Das obligatorische Lächeln, ein flüchtiger Gruß mit der Hand und Hamadi machte sich auf nach Hause. Schließlich war er schon ziemlich müde.

KAPITEL 2

Geschäftiges Treiben erfüllte die Gassen und Plätze der Stadt Theben, während die Sonne am wolkenlosen Himmel aufstieg und einen warmen Tag verhieß. Die Brüder Hamadi und Unas gingen gemeinsam zu ihrer Arbeitsstätte auf den umliegenden Feldern. Unas' nachdenklicher Blick haftete fest auf dem Boden, was ihn jedoch nicht daran hinderte, Mensch, Tier, Holzwagen und was auch immer auf seinem Weg stand, auszuweichen. Dann schaute er endlich auf.

»Sag mal, wie siehst du das eigentlich?«, fragte er ganz unvermittelt.

Hamadi sah ihn verständnislos an.

»Wovon sprichst du bitte?«

»Von dürftigen Mahlzeiten. Von Armut. Oder genauer von unserem Problem damit. Davon spreche ich.«

»Oh«, brachte Hamadi hervor und seine Stimme verriet einen deutlichen Mangel an Begeisterung.

»Dir fällt doch sicherlich auch auf«, begann Unas seinen Vortrag, »dass es momentan wieder besonders extrem ist.«

»Natürlich fällt mir das auf. Ich merke es nämlich immer daran, wie du dich aufregst.«

»Ich finde das nicht gerade komisch.«

»Entschuldige. Aber ich denke, die besseren Tage werden wieder kommen. So war es doch bisher immer.«

»Das schon«, gestand Unas ein, »aber die halten nicht so lange an. Irgendwann kommen wieder schwierigere Zeiten. Immer wieder und wieder. Und ich möchte, dass sich das ändert. Wir müssen ja nicht speisen, wie der König persönlich, aber zumindest so, dass man immer satt wird. Und das soll ein dauerhaft anhaltender Zustand sein, verstehst du?«

»Ja, aber …«

»Kein Aber«, unterbrach Unas. »Du willst doch nicht sagen, dass du dich damit zufriedengibst, wie es jetzt ist?«

»Nein, aber …«

»Na also. Und das heißt, dass wir etwas tun sollten.«

»Wir tun doch etwas«, betonte Hamadi. »Wir gehen arbeiten und werden dafür entlohnt.«

»Wie du aber siehst, reicht das auf Dauer nicht wirklich aus.«

Hamadi atmete darauf nur schwer aus.

»Ich habe das Gefühl«, sagte Unas, »dass du gar nicht vorhast, mir zu helfen, etwas an der Lage zu verändern.«

»Ach, Unsinn«, entgegnete Hamadi einem ersten Impuls folgend, doch er wusste, dass sein Bruder nicht ganz Unrecht hatte. »Was hast du denn überhaupt vor?«

»Ganz genau weiß ich das noch nicht, aber – bei Amun – das ist nicht mein letztes Wort in dieser Angelegenheit!«

Inzwischen kamen sie an der Stadtmauer vorbei und verließen die Stadt. Gleich schauten sie nach rechts, wo der Nil lag, denn es war immer interessant, die großen Schiffe zu sehen, die dort schon morgens den regen Flussverkehr einläuteten. Eines, das aus Richtung Süden kam, fuhr langsam und nah am Ufer, um gleich anzulegen.

»Sieh mal«, sagte Unas und deutete auf dieses Schiff, »ich denke, das kommt aus Nubien, oder was meinst du?«

»Kann gut sein.«

»Dann hat es bestimmt haufenweise Gold an Bord.«

Das Land Nubien grenzte im Süden an das Pharaonenreich. Es war ein dünn besiedeltes Land mit einem Königshaus, das viel umherzog, denn es gab keine Hauptstadt. Da es über große Goldvorkommen verfügte, war es für Ägypten schon lange interessant und nun waren die zwei Länder verfeindet und König Mentuhotep II. führte Feldzüge gegen Nubien, in denen zweifellos viel von dem Edelmetall erbeutet wurde.

»Das wäre doch etwas«, sagte Unas. »Wenn wir nur ein kleines bisschen von dem ganzen Gold bekommen könnten …«

Hamadi lachte kurz auf und schüttelte leicht den Kopf.

»Werd doch nicht albern«, sagte er.

Unas gab sich damit geschlagen, doch sein Blick verriet, dass er in seinem Kopf mit Vorstellungen und Überlegungen würfelte.

»Ich finde, einen winzigen Anteil von all dem Gold haben wir verdient«, murmelte Unas.

Hamadi war nicht ganz klar, was sein Bruder damit meinte, doch bevor er darüber nachdenken konnte, redete dieser schon weiter.

»Wie es wohl bei Yanara aussieht? Ob sie es besser hat?«

Yanara war die große Schwester der beiden. Unter den fünf Geschwistern war sie die Älteste und wohnte schon nicht mehr zu Hause. Vor nicht allzu langer Zeit war sie mit einem Mann zusammengekommen und hatte sich in andere vier Wände eingeheiratet. Seitdem sahen ihre Geschwister sie nur noch selten, Mutter Rehema sogar noch weniger, da sie doch kaum das Haus verließ.

»Bei ihr ist es bestimmt nicht sehr anders, wenn du mich fragst«, gab Hamadi als Antwort. »Gut, vielleicht hat sie

17

nicht so schlimme Schwierigkeiten mit der Armut wie wir, aber die bescheidene Lebensweise ist ihr nach der Heirat noch erhalten geblieben.«

»Hm, das stimmt wohl.«

Das Gespräch fand nun ein Ende, denn jetzt standen sie auf dem Feld und fingen an zu arbeiten. Zusammen mit vielen anderen Bauern hatten sie hier zu tun. Es gab inzwischen erste Feldfrüchte zu ernten und auch um das Vieh musste sich gekümmert werden. Doch keine Stunde war vergangen, da kam Unas zu Hamadi und hatte das Bedürfnis, noch etwas an ihr Gespräch anzuknüpfen.

»Hör mal, Hamadi«, sagte er. »Ich weiß, es klingt absurd, aber ich muss dir diesen Gedanken einfach mitteilen.«

Erwartungsvoll schaute Hamadi seinen Bruder an.

»Was wäre denn, wenn wir zur Armee gehen würden?«

Da war Hamadi sichtlich verdutzt.

»Ich weiß, das klingt nicht schön, aber ich bin sicher, dass wir dort wahrscheinlich eine bessere Versorgung haben, als es jetzt der Fall ist. Da bekämen wir bestimmt immer genug Essen und Trinken.«

»Das meinst du doch nicht ernst, oder? Du willst doch nicht wirklich in die Armee gehen, und schon gar nicht, wenn unser Land gegen Nubien kämpft.«

»Es war ja nur ein Gedanke«, beeilte sich Unas zu sagen. »Natürlich hatte ich das nicht wirklich in Betracht gezogen.«

Ein wenig unangenehm war ihm die Sache schon und so entfernte er sich wieder. Es war durchaus eine schlechte Idee und konnte nicht die Lösung des Problems sein, aber das Problem selbst wollte ihm einfach nicht mehr aus dem Kopf gehen. Noch mehrere Male schaute er in Richtung Fluss und sah Schiffe, die möglicherweise aus dem Lande Nubien kamen. Vielleicht brachten manche von ihnen

Gold. Ziemlich sicher sogar. Wie viel davon das Pharaonenreich wohl schon erbeutet haben musste, dachte er und verspürte eine stille Begierde.

Leises Zirpen der Heuschrecken erfüllte die sich abkühlende Luft. Sanft atmeten Hamadis Familienmitglieder, bei denen er jetzt lag. Der Boden des Raumes war fast vollständig bedeckt von den Schilfmatten, auf denen sie ruhten, um in den Schlaf zu sinken. Auch er schloss nun die Augen am Ende dieses Tages. Er entspannte sich mehr und mehr. Doch bevor er einschlief, hörte er, wie neben ihm jemand aufstand. Es musste Unas sein, der sich da langsam und leise erhob. So lautlos wie möglich versuchte er, den Raum zu verlassen, das konnte Hamadi in der Dunkelheit erkennen. Er überlegte noch, ihn zu fragen, wohin er wollte, doch er zögerte zu lange und Unas war schon draußen. Wie auch immer. Er schloss wieder seine Augen. Aber etwas beunruhigte ihn. Er fragte sich, was Unas tat, lauschte, ob er ihn vielleicht draußen hören konnte, und wartete auf seine Rückkehr. Und solange er das tat, konnte er nicht einschlafen. Minuten musste er so dagelegen haben, als er Schritte hörte, die in das Haus führten. Unas kam zurück in den Raum – wieder so leise wie möglich. Hamadi fand, dass sein Bruder einen ziemlich verstohlenen Eindruck machte. Er musste ihn einfach darauf ansprechen.

»Was hast du gemacht?«, flüsterte er in die Dunkelheit und Unas erstarrte kurz. Dann setzte er die Bewegung, mit der er sich gerade hinlegen wollte, fort.

»Nichts«, raunte er. »Ich war nur kurz draußen. Habe frische Luft geschnappt und mir ein bisschen die Füße vertreten, das ist alles.«

»Aha.«

Unas konnte Hamadis Skepsis förmlich spüren.

»Ich wollte doch bloß ein wenig den Kopf frei bekommen«, erklärte er, »um jetzt besser schlafen zu können.«

»Schon gut«, erwiderte Hamadi und beließ es dabei.

KAPITEL 3

Schon als die Familie beim Frühstück zusammen saß, dachte Hamadi an das kurze Gespräch mit seinem Bruder zu der Zeit, als die anderen schon geschlafen hatten. Wovon hatte Unas den Kopf freibekommen wollen? Nun, warum sollte er ihn nicht einfach danach fragen? Es wäre doch das Beste, offen darüber zu sprechen.

Später, als sie das Haus verlassen hatten und auf dem Weg zu den Feldern waren, hielt Hamadi den richtigen Moment für gekommen.

»Sag mal, was ging dir denn gestern am späten Abend durch den Kopf, dass du deswegen nochmal an die frische Luft gehen wolltest?«, fragte er in aller Offenheit.

»Na, was wohl?«, erwiderte Unas. »Natürlich was ich tun kann, um unserer Familie zu helfen.«

Hamadi nickte, doch war sich unschlüssig, was er nun dazu sagen sollte.

»Na, ich hoffe, du machst dir nicht zu viele Sorgen«, antwortete er nach einer kurzen Pause.

Unas schaute ihn daraufhin mit einem forschenden Blick an und Hamadi wusste nicht, was sein Bruder jetzt dachte. Schweigend liefen sie weiter. Nicht lange und sie passierten wieder die Stadtmauer und verließen die Stadt. Wieder zog der Nil ihre Blicke auf sich. Wie immer sahen sie dort auch heute Schiffe.

Da sagte Unas: »Ich habe mir etwas überlegt.«

Er murmelte es nur, doch Hamadi konnte es verstehen. Kurz schaute Unas ihn an und dann wieder zu den Schiffen in der Ferne. Die beiden wurden langsamer, blieben schließlich stehen.

»Es müsste machbar sein«, murmelte Unas weiter.

»Was denn? Wovon redest du?«

»Von meinem Plan«, war seine Antwort, die so selbstverständlich klang. »Gestern hatten wir doch von den Schiffen gesprochen, die aus Nubien kommen. Sie bringen Gold mit, da besteht überhaupt kein Zweifel. Das Gold und was sie sonst noch geladen haben, wird vom Schiff in die Stadt transportiert. Ich habe vor, davon einen kleinen Teil – nun ja – zu entwenden.«

Hamadi zog die Augenbrauen zusammen. Was sein Bruder da von sich gegeben hatte, war schon ein starkes Stück.

»Um Maats Willen!«, stieß Hamadi empört hervor. »Du willst klauen?«

»Zum Wohl unserer Familie«, betonten Unas. »Und auch nicht viel. Der König und die Beamten werden keinen Schaden davontragen.«

»Das ist … nicht in Ordnung«, waren die einzigen Worte, die Hamadi dazu einfielen. »Wie willst du das überhaupt anstellen?«

»Ich habe mir das folgendermaßen gedacht: Wir werden mit einem kleinen Boot auf dem Fluss fahren und geben uns als ganz normale Fischer aus. Wenn dann ein Schiff im Hafen anlegt, um sein Gold abzuladen, ziehe ich mich an dessen Seite nach oben und greife nach den Schätzen. Eine Handvoll wird für uns genug sein und niemandem schmerzen. Das sollte auch ganz schnell gehen. Solange hältst du das Boot auf Position und dann verschwinden wir ganz unauffällig, ohne dass jemand etwas bemerkt hat. Ja, und das ist mein Plan.«

Hamadi schüttelte etwas ungläubig den Kopf.

»Das meinst du doch nicht ernst«, sagte er mit einem seichten Lächeln. Doch der unbeirrte Gesichtsausdruck seines Bruders ließ eine eindeutige Entschlossenheit erkennen und Hamadi gab ein Stöhnen von sich.

»Ich habe das gut durchdacht«, sagte Unas. »Und ich bitte dich darum, mir zu helfen. Du musst nur das Boot steuern, den Rest erledige ich. Es wird schnell und unauffällig vonstattengehen. Stell dir nur vor, wir werden alle etwas davon haben. Du auch, vergiss das nicht! Genug Essen für die ganze Familie. Und das jeden Tag, ohne Sorgen.«

Jetzt hatte Unas seinen Bruder fast so weit, diesem Vorhaben zuzustimmen. Eine Sache war für Hamadi jedoch klar: Mit kriminellen Aktionen wollte er nichts zu tun haben.

»Vergiss es!«, erwiderte er und bewegte seine Hände, als wollte er lästige Mücken vertreiben. »Vergiss das alles! Es ist riskant und es ist verboten. Ich möchte, dass du dir das aus dem Kopf schlägst.«

Dass Hamadi bei seinem etwas jüngeren Bruder einen mahnenden Ton verlauten ließ, kam nur äußerst selten vor. Vielleicht, weil er für derartige Zurechtweisungen einfach zu gutmütig war, sicherlich aber, weil es die Harmonie zwischen den Beiden zerstörte.

»Schön, wie man sich auf dich verlassen kann«, gab Unas zurück. »Und ich hatte noch gedacht, du würdest verstehen, was das für unsere Familie bedeuten könnte.«

Damit ging er beleidigt davon.

›Der beruhigt sich schon wieder‹, dachte Hamadi. Nur ob er von seinem Plan ablassen würde, war nicht klar und das war besorgniserregend.

KAPITEL 4

Am nächsten Morgen stand Hamadi auf und Unas war nicht mehr da. Er frühstückte mit Mutter Rehema und seinen Schwestern Satiah und Tahirah. Sein erster Gedanke über die Abwesenheit des Bruders kam mit einem Hauch von schlechtem Gewissen. War er womöglich schuld daran, dass Unas nicht gemeinsam mit der Familie frühstücken wollte? Hatte er ihn gestern mit seinen strengen Worten so schwer getroffen? Nein, diesen Gedanken konnte er sofort als falsch beurteilen, denn Unas hatte am vergangenen Abend auch mit der Familie zusammengesessen und das wie immer nicht sehr üppige Mahl eingenommen. Dabei war er nicht sonderlich gut gelaunt und auch nicht sehr gesprächig gewesen, doch Hamadi war überzeugt, dass sich das Verhältnis zu seinem Bruder wieder auf dem Weg der Besserung befand. Nun war er aber trotzdem nicht hier. Natürlich fragte Hamadi gleich nach seinem Bruder.

»Der hat sich schon davongemacht, da war ich noch halb im Schlaf«, antwortete Rehema. »Will etwas machen, hat er gesagt. Wir sollen nicht auf ihn warten.«

Schlagartig wurde Hamadi klar, was da im Gange war. Gleich versuchte er, sein Erstaunen zu zügeln.

»Ich werde mich mal nach ihm umschauen«, verkündete er und versuchte dabei, so ruhig wie möglich zu klingen.

»Ein kleiner Spaziergang am Morgen ist doch eine schöne Sache.«

Schon verließ er das Haus und wusste nicht, ob er wegen seines Bruders wütend oder besorgt sein sollte. Wenigstens hatten die anderen nicht bemerkt, wie bedenklich die Lage war. Gut so weit. Nun galt es, so schnell wie möglich zu den Anlegestellen am Nil zu gelangen. Das war das richtige Ziel, denn dahin war sein Bruder gegangen.

Auf sich allein gestellt, hatte Unas seinen Plan ausführen müssen. Im Dämmerlicht des frühen Morgens hatte er auf einem kleinen Schilfboot gesessen und sah aus wie ein ganz normaler Fischer. Bis dahin war das Glück auf seiner Seite, denn es trieb schon zu dieser Zeit ein Schiff den Fluss hinunter. Es kam aus Nubien und wollte sein Ladegut in die Hauptstadt bringen. Das wusste Unas und sein Herz begann schneller zu schlagen, als sich das Schiff einer Anlegestelle näherte. Unruhig saß er in dem kleinen Boot, das auf dem großen, breiten Fluss dümpelte und mit dem er sich langsam näherte. Vom anderen Ufer drangen die Rufe von Ibissen. Irgendwo dort saßen diese Wasservögel und ihre Laute klangen wie ein Schimpfen über Unas und sein sträfliches Vorhaben. Doch jetzt waren keine Zweifel angemessen, denn das Schiff, das schon an der Anlegestelle befestigt wurde, lag unmittelbar vor ihm. Sanft glitt das kleine Schilfboot an ihm vorbei und der Abstand verringerte sich zusehends, bis Unas schließlich die Bordwand berühren konnte. Vom Deck des Schiffes aus war er nun nicht mehr zu sehen. Man musste sich schon über die Reling beugen, um ihn zu entdecken. Recht deutlich hörte er Stimmen von Menschen jenseits des Schiffes. Auch vom Deck waren noch Schritte zu vernehmen, doch sie schienen das Schiff zu verlassen. Unas konnte nur hoffen, dass sie nicht sofort mit dem Löschen der Ladung beginnen würden. Er tastete sich vorsichtig am Schiffskörper entlang, wagte es kaum zu atmen und als er etwa die Mitte erreicht hatte, wusste er, dass der Moment gekommen war. Mit all seinem Mut richtete er sich auf und seine Hand ergriff die Reling, an der er sich festhielt und kräftig nach oben zog. Sein anderer Arm langte so weit es ging über diese hinweg. Und tatsächlich. Seine Hand griff in einen Leinensack, der gefüllt war mit kalten, glatten Kleinteilen: Münzen und andere aus Gold bestehende Schätze und Kostbarkeiten, die einen so hohen Wert hatten, wie Unas ihn noch nie in die Finger bekommen hatte. Es konnte nicht besser laufen. Doch wie er da halb stand, halb hing und sich an der Reling festhielt, wollte das Boot unter seinen Füßen wegtreiben. Wäre Hamadi hier gewesen, hätte er das Boot durch sein Körpergewicht und mit einem Ruder stabilisieren können, doch auf die Hilfe seines Bruders hatte Unas ja nicht hoffen können. Also musste er schnell loslassen und sich mehr oder weniger in das Boot fallen lassen, um schließlich nicht mitsamt der Beute in seiner Hand ins Wasser zu stürzen. Das darauffolgende Geräusch des Wassers drang an die Ohren eines Soldaten, der in diesem Moment über eine Planke vom Steg auf das Schiff stieg. Seine Aufmerksamkeit, sein Misstrauen und nicht zuletzt seine Neugier veranlassten ihn, zu schauen, was dieses Geräusch im Wasser unmittelbar hinter der Schiffswand verursacht hatte. Als er über die Reling sah, entdeckte er den unglücklichen Unas, der in einem Schilfboot saß, von dessen Boden er hektisch ein paar heruntergefallene Münzen aufsammelte, woraufhin er gleich ängstlich zu dem Soldaten auf dem Schiff schaute. Dieser konnte sich gleich zusammenreimen, was geschehen war, als er das funkelnde Gold sah.

»He!«, rief er noch.

Es gelang dem Soldaten Unas mithilfe einer Lanze am Davonrudern zu hindern. Schnell waren weitere Soldaten zur Stelle, die hier den Hafen bewachten und insbesondere auf die äußerst wertvolle Beute aus Nubien aufpassen sollten. Nachdem sie ihm das Diebesgut abgenommen hatten, führten sie ihn zu dritt ab. Zwei von ihnen hielten ihn fest, der Dritte lief vorneweg. Unas fühlte sich schrecklich, wie ihn die drei Männer, die alle eine Lanze in der Hand und ein Schwert um die Hüfte trugen, von hier fortbrachten. Er ließ es über sich ergehen. Etwas anderes fiel ihm gar nicht ein.

Erst als er eine bekannte Stimme hörte, wurde ihm bewusst, was gerade geschehen war. Hamadi rief seinen Namen und kurz darauf sah Unas seinen Bruder auch. Er stand auf einer Straße, die seitlich auf den breiteren Weg einmündete, auf dem Unas gerade abgeführt wurde und seine Augen waren in etwa so weit aufgerissen wie sein Mund. Kaum hatte sich Hamadi wieder gefasst, eilte er den Soldaten hinterher.

»Halt!«, rief er. »Lasst ihn los!« Als könnte er sie damit aufhalten.

Der erste Soldat wandte sich zu ihm um und knurrte nur: »Um den kümmere ich mich.« Mit breitem Stand und ausgestreckten Armen stellte er sich Hamadi in den Weg.

»He, stehenbleiben!«, fuhr er ihn an.

Sofort kam Hamadi zum Stillstand, als er sich diesem bewaffneten Mann gegenübersah.

»Das ist mein Bruder, wo bringt ihr in hin?«

»Zum Palast des Königs, wo man über ihn richten wird.«

»Ich erhebe Einspruch dagegen!«

»Er hat Diebstahl begangen und muss dafür bestraft werden. So ist das nun mal.«

Der Soldat sah nicht so aus, als würde er sich auf eine ausgedehnte Diskussion einlassen und Hamadi fiel sowieso nichts ein, was er dem noch entgegenzusetzen hatte.

»Lass uns unsere Arbeit erledigen und mach lieber keinen Ärger«, sagte der Soldat.

Zügig drehte er sich um und lief seinen zwei Kollegen hinterher, die im Moment den Palast erreicht hatten. Da stand Hamadi nun und wusste nicht weiter. Ein leiser Seufzer entfuhr ihm. Er kehrte sich um und lief nach Hause, denn nichts Besseres kam ihm in den Sinn. Seine Besorgnis um Unas, aber auch seine Wut auf ihn hatten gleichermaßen zugenommen.

Zu Hause angekommen traf er auf Mutter Rehema und die Schwestern Satiah und Tahirah, die um das gemachte Frühstück saßen und mehr davon für sich hatten, weil sie nur zu dritt waren. Das störte Hamadi nicht, denn Essen war im Moment keine seiner Sorgen. Eine Schilderung erwartend, schauten die drei Frauen ihn an.

»Die wollen Unas einsperren«, war das Erste, was Hamadi sagte.

»Wir müssen für seine Freilassung sorgen«, sagte Satiah, als ihr Bruder mit seinem Bericht fertig war.

»Kinder …«, murmelte Mutter Rehema und schüttelte den Kopf.

»Im Palast gibt es doch offene Zeiten für das Volk«, überlegte Tahirah.

»Richtig«, stimmte Satiah zu. »Dann können wir mit einem Amtsträger sprechen und damit hoffentlich etwas erreichen. Gleich morgen, schlage ich vor.«

»Nicht heute?«, fragte Tahirah.

»Es muss doch erst das gerichtliche Urteil ausgesprochen werden.«

»Kinder …«, raunte Rehema wieder.

»Und das geschieht wohl heute«, sagte Hamadi. »Hoffen wir, dass sie bis dahin nichts Schlimmeres mit ihm anstellen«

Sie schwiegen und starrten betroffen vor sich hin.

Erst Rehema sagte wieder etwas.

»Könnt ihr denn wirklich etwas ändern?«, fragte sie.

»Wir müssen es versuchen«, entgegnete Hamadi.

»Vielleicht gelingt es uns wenigstens, seine Strafe zu verkürzen«, sagte Satiah.

»Ach, was habe ich betagte Frau nur zu tragen«, klagte Rehema.

KAPITEL 5

Niemals hätte Unas gedacht, dass er eines Tages so das Gelände dieses majestätischen Ortes betreten würde: als Gefangener. Als Dieb, den man geschnappt hatte und in eine Zelle sperren musste. Nachdem man ihn zum Palast geschliffen hatte, stand er vor einem Mann, der an einem kleinen Tisch saß und von ihm seinen Namen und von den Soldaten den Grund seiner Anwesenheit wissen wollte. Er schrieb es auf Papyrus und gleich darauf wurde Unas in einen engen Raum gebracht, mit einem schmalen Schlitz knapp unterhalb der Decke, der wohl ein Fenster sein sollte. Dort lehnte er sich an die kalte Wand und ließ sich verzweifelt niedersinken. So zusammengekauert fing er bitterlich an zu weinen.

Zeitlich passend kam gerade dann eine Wache, als sein Tränenfluss nachgelassen hatte. Ihm wurden die Hände mit einem derben Seil hinter dem Rücken zusammengebunden und dann führte ihn die Wache tiefer in die Bauten des Palastes. Er kam schließlich in einen großen Raum, aus dem, als er ihn betrat, ein ebenfalls gefesselter Mann mit niedergeschlagener Miene gebracht wurde. Offenbar auch ein Gefangener. Und hier schaute nun ein Gesicht auf ihn nieder, das er zwar kannte, doch noch nie zuvor aus solcher Nähe gesehen hatte. Auf so manchen Festen, die immer ein besonders großes Aufsehen erregten, wenn sie gefeiert wurden, und bei denen Unas sich für gewöhnlich irgendwo inmitten der Menschenmengen aufhielt und das Geschehen gespannt verfolgte, da hatte er genau dieses Gesicht schon so manches Mal erblicken dürfen. Ein Gesicht, das eine gewisse Göttlichkeit widerspiegelte, gehörte es doch zu einem Menschen, der in so vielerlei Hinsicht anders war als alle anderen Menschen in Ägypten. Zu einem Menschen, der ein Leben führte, das geprägt war von unerbittlicher Pflicht und absoluter Hingabe, von höchster Gunst und Bestimmung, nicht zuletzt von Reichtum und Macht. Kurz – es war das Gesicht von niemand Geringerem als König Mentuhotep II. Und seine majestätischen Augen ruhten nun auf dem kleinen, dummen Bauern Unas. Was als Nächstes passierte, konnte dieser kaum verfolgen, so bestürzt, verwirrt und gleichzeitig beeindruckt, wie er war. Es schien alles sehr schnell zu gehen. Sein Name wurde vorgelesen und sein Vergehen geschildert. Dann sprach der König das Urteil aus. Eine Gefängnisstrafe, wie es Unas schon befürchtet hatte. Schon packte man ihn wieder am Arm und brachte ihn aus dem Raum. Es war der gleiche Weg, den sie eben gegangen waren, doch dann bog die Wache mit ihm plötzlich in eine andere Richtung ab und es ging kurz darauf eine Treppe hinab in einen Kellertrakt. Hier ging es noch um mehrere Ecken herum und schließlich war da ein Gang, an dessen Seite sich links und rechts Zellen befanden. Viele davon waren leer, doch in manchen ließen sich traurige Gestalten erkennen. Eine Zelle wurde nun Unas zugeteilt und ehe der wusste, wie ihm geschah, stand er darin und hinter ihm fiel die Gittertür mit einem vorwurfsvollen Knall zu. Dunkle Wände, wenig Platz, aber wenigstens eine Schilfmatte gab es hier. Das war nun also seine Bleibe. Langsam machte sich das Gefühl in ihm breit, soeben vollends am Tiefpunkt angekommen zu sein.

Er wusste nichts davon, dass Hamadi, Satiah und Tahirah am nächsten Vormittag auch auf dem Gelände des Palastes waren. Sie befanden sich im öffentlichen Teil, der für das Volk frei zugänglich war. Dort hatten sie einem Beamten ihr Anliegen zu nennen. Als sie eine Audienz beim König erbaten, runzelte der Beamte die Stirn und machte ihnen gleich verständlich, dass so etwas zwar möglich, aber schwierig war. Schließlich brauchte es die ganze Überredungskunst und Hartnäckigkeit der drei Geschwister, den Beamten dazu zu bewegen, sie für ein Vorsprechen anzumelden. Dann durften sie warten. Solange, wie es dauerte, hatten sie genug Zeit, sich genau zu überlegen, was sie sagen sollten.

Als es dann endlich so weit war, begleitete man sie in einen prächtigen Saal. Mehrere Wachen standen gleichmäßig im Raum verteilt, den Blick starr geradeaus gerichtet. Die Wände waren edel bemalt und die Decke ragte weit nach oben. Irgendwie fehl am Platz fühlte sich Hamadi an diesem Ort. Er – irgendein unbedeutender Bauer, und vor ihm saß nun der Herr höchstpersönlich. Der König dieses Landes in all seiner Eleganz. Auf einem Stuhl, der leicht erhöht stand, aus dunklem Holz und in feinem Muster mit Gold verziert, saß er im strahlend weißen Gewand. Der Halsschmuck und die Armspangen an den Handgelenken glänzten in goldener Herrlichkeit, wie die sich spiegelnde Sonne auf dem Wasser des Nils am Abend. Auf dem Haupt trug er ein Nemes-Kopftuch, das so viel schöner aussah als die einfachen Kopftücher, die sich gewöhnliche Leute täglich auf das Haupt setzten.

Gleich an seiner Seite stand ein Berater, der die Hände gefaltet hielt und die drei Gäste mit einer wichtigtuerischen

Miene anschaute. Zur anderen Seite des Königs hatte ein Mann an einem niedrigen Tisch seinen Platz. Er war offenbar ein Schreiber und schaute hingegen eher freundlich.

Ihre Schritte auf dem steinernen Boden verhallten, als die drei in gebührendem Abstand stehenblieben. Sogleich knieten sie nieder und senkten den Kopf. Das hatten sie vorher so abgesprochen.

Beim Aufschauen sagte Hamadi mit klopfendem Herzen: »Ehre sei Euch, oh großer Herrscher Mentuhotep.«

»Willkommen«, sprach der Pharao. Und während die Geschwister wieder aufstanden, fuhr er fort: »Ich hoffe, ihr bringt keine allzu unerfreulichen Nachrichten.«

Ein dünnes Lächeln spielte um seine Lippen.

»Wir ...«, setzte Hamadi an und schaute unsicher zu Satiah. »Nun ... wir haben ein wichtiges Anliegen.«

»Bitte«, sagte Mentuhotep, »lasst mich davon erfahren.«

»Danke, dass Ihr uns anhört, Eure Hoheit. Wir sind eine bäuerliche Familie und unser Leben ist von Bescheidenheit und Armut geprägt. Wir wohnen zu fünft in unserem kleinen Haus. Meine zwei Schwestern hier und ich, unser Bruder und unsere Mutter. Unser Vater hat für das Land gekämpft, als das Reich geeinigt wurde, doch er wurde dabei verletzt und schließlich starb er. Das hat unsere Lage so schlecht werden lassen. Gerade für unsere Mutter, die schon recht alt ist, ist das allein schon eine kaum zumutbare Belastung, doch nun kommt noch hinzu, dass Unas, unser Bruder, gestern von Soldaten verhaftet wurde. Er ist jetzt hier im Komplex des Palastes eingesperrt, soweit wir wissen.«

»Ich erinnere mich«, bestätigte der König und beugte sich zu seinem Berater, mit dem er im Flüsterton Worte wechselte. Sie beide nickten.

»Nun, euer Bruder sitzt in einer Zelle, das ist richtig«, sagte er dann. »Der Grund dafür ist Diebstahl. Gestern hat er Gold von einem Schiff im Hafen entwendet.«

»Wir können uns für das Verhalten unseres Bruders nicht genug entschuldigen«, sagte Satiah, die dem Drang, auch etwas zu sagen, einfach nachgeben musste. »Aber er hat es nicht aus bösem Willen getan, sondern aus Not. Er wollte unserer Familie damit einen Gefallen tun. Wir bitten um Euer Verständnis, Hoheit. Doch da Unas jetzt nicht mehr bei uns ist, wissen wir nicht mehr weiter. Wir brauchen ihn.«

»Richtig«, sagte nun wieder Hamadi. »Er steht jeden Tag auf dem Feld oder schuftet an anderen Stellen in der Landwirtschaft. So ist er immer ein ehrbarer Untertan gewesen, aber die Not hat ihn zu dieser Tat verleitet. Und jetzt sind wir hier und wollen Euch bloß um ein bisschen Mitgefühl und Nachsicht bitten, mein König. Könntet Ihr denn nicht zumindest seine Strafe verkürzen?«

Mentuhotep schwieg nachdenklich und der Berater beugte sich zu ihm und flüsterte etwas.

»Euch muss klar sein«, sagte er, »dass sich euer Bruder an Gold vergriffen hat – am Fleisch der Götter. Hätte er auf dem Marktplatz einem Händler eine Melone gestohlen, wäre das noch etwas ganz anderes.«

Die Geschwister sahen ihre Hoffnung schwinden.

»Aber Eure Hoheit, bitte …«, sagte Hamadi.

Mentuhotep hob die Hand zum Zeichen, dass er schweigen solle und sofort verstummte er.

»Dennoch«, sprach der König, »ist es nicht so, dass ich nicht mit mir reden lasse. Es gibt da etwas …«

Er strich sich nachdenklich über das Kinn und niemand wagte es, die Stille zu unterbrechen.

Dann schaute er mit einem fordernden Blick zu Hamadi und sagte: »Sag mir, wie heißt du, mein Junge?«

»Hamadi.«

»Nun, Hamadi, komm einen Schritt näher!«

Hamadi tat es.

»Wie weit bist du bereit für deinen Bruder und deine Familie zu gehen?«

Hamadi verstand nicht ganz.

»Was meint Ihr damit?«, stammelte er.

»Ich meine, dass ich in deinen Augen Entschlossenheit und Mut sehe.«

Das erstaunte ihn sichtlich. Vielleicht sah der König da etwas, von dem Hamadi selbst gar nichts wusste.

»Ich habe einen Auftrag«, erklärte Mentuhotep. »Wenn du ihn mir erfüllst, dann werde ich deinen Bruder freilassen. Mehr noch, ich werde einen Lohn dafür auszahlen, von dem du und deine Familie leben könnt, ohne mit der Armut kämpfen zu müssen. Doch dieser Auftrag wird wohl nicht leicht sein. Schließlich frage ich dich nochmal, wie weit bist du bereit zu gehen?«

Es brauchte eine kurze Zeit der Überlegung. Dann kam die Antwort: »Für meine Familie, ziemlich weit, würde ich sagen.«

Hamadis Herz klopfte schneller, als er das aussprach.

»Sagen wir, weit in den Süden?«, fragte Mentuhotep weiter. »Über die gegenwärtigen Grenzen meines Reiches hinaus, bis ins Land Nubien, mit dem wir derzeit befeindet sind?«

Als Hamadi ein zögerliches Ja über die Lippen brachte, klopfte sein Herz noch schneller. Worauf ließ er sich da nur ein? Doch blieb ihm überhaupt eine andere Wahl?

»Gut«, sagte der König zufrieden. »In einem Tempel in Nubien befindet sich ein Gegenstand, der nicht nur sehr wertvoll, sondern auch von strategischer Bedeutung ist. Er bindet eine Macht in sich. Es ist eine bedrohliche Macht der Nubier. Solange er existiert und in ihrem Besitz ist, geht diese Energie auf sie über. Dadurch erlangen sie Stärke im Kampf gegen unsere Armee. Deswegen geht es mit unseren Feldzügen nur langsam voran. Der Widerstand der Nubier ist hart und es könnte dazu kommen, dass die feindlichen Truppen, die unseren gänzlich aufhalten und sogar zurückdrängen. Das wäre möglich durch die Macht dieses Gegenstandes. Ich habe Sorge, dass es dazu kommt und kann nicht sagen, wie fatal ein solcher Rückschlag für uns ausgehen würde.«

Er stand auf und kam langsam auf Hamadi zu, der ihn ehrfurchtsvoll anschaute. Dann blieb der Pharao stehen und war nun so nah, dass Hamadi dezente Falten in seinem Gesicht erkennen konnte.

Als könne dieser in Hamadis Gedanken schauen, sagte er: »Ich werde alt. Umso wichtiger ist es mir, jetzt nicht an Stärke zu verlieren. In den Jahren meiner Regentschaft habe ich das Reich vereint, was ein großer Schritt war. Nun weite ich das Einflussgebiet nach Süden hin aus und kämpfe dort seit einiger Zeit schon gegen die Nubier. Das darf nicht scheitern. Ich will meine Macht gesichert wissen. Für dieses Reich. Und schließlich auch für mein Volk. Und dafür muss ich den Mokrulus eigenhändig zerstören. Das ist sein Name. Er verleiht dem Feind seine Kraft, doch das soll sich ändern. So verlange ich von dir, mir den Mokrulus zu bringen. Das ist dein Auftrag. Natürlich wirst du nicht alleine reisen. Menschen werden dich begleiten, die den Weg kennen. Sie werden dich zu dem Tempel führen, den du betreten musst, um in seinen Schatzkammern nach dem Mokrulus zu suchen. Sobald du ihn hast, kehrst du zurück nach Theben. Du kommst hierher zum Palast, übergibst ihn mir und dann soll dein Bruder frei sein und du wirst deinen Lohn erhalten.«

Stumm nickte Hamadi.

»Dann frage ich dich nun noch einmal«, fuhr Mentuhotep fort, »Nimmst du den Auftrag an?«

Und Hamadi antwortete: »Ja, mein König.«

Der Pharao lächelte.

»Das erfreut mich«, sagte er. »Damit tust du nicht nur etwas für deine Familie, sondern auch für mich und unser Land.«

Er drehte sich um und ging wieder langsam zu seinem königlichen Stuhl.

»Natürlich habe ich schon Vorkehrungen für diese Reise getroffen. Es hat mir nur noch an dem richtigen Mann gefehlt. Der bist nun du, mein Junge. Es ist vorgesehen, dass dich Soldaten zu deinem eigenen Schutz begleiten. Es sind nur zwei, damit sie im feindlichen Gebiet nicht so sehr auffallen. Ich möchte sie dir vorstellen.«

Er gab dem Berater ein Zeichen und dieser verschwand eilig.

»Zudem«, er setzte sich wieder, »wirst du mit einer Expeditionsgruppe reisen. Sie wird ins Land Nubien und bis an den Rand des ägyptisch eroberten Gebietes ziehen. Dort wird sie Vorkommen von Gold und anderen Rohstoffen untersuchen und dokumentieren. Das ist aber nicht von Bedeutung für dich, denn du wirst weiter gehen. Dein Weg zum besagten Tempel führt noch ein ganzes Stück darüber hinaus. Aber keine Sorge, alles Weitere wirst du noch erfahren.«

In diesem Moment kam der Berater zurück, begleitet von zwei großen Kerlen, die man gleich als Soldaten erkennen konnte.

»Nun, Hamadi«, erklärte Mentuhotep, »das sind die beiden, die dich auf deinem Weg beschützen werden.«

Ihre etwas strengen Blicke ruhten auf Hamadi und wirkten vielleicht ein wenig einschüchternd auf diesen.

»Mein Name ist Sefu«, sagte der eine und nickte leicht.

»Ich bin Azibo«, sagte der andere kühl.

Hamadi lächelte ihnen zu, etwas anderes fiel ihm nicht ein. Er war nicht wenig überfordert mit der Situation. Soeben hatte er einen Auftrag vom Pharao angenommen, der eine weite und durchaus riskante Reise bedeutete, und jetzt hatte er zwei noch völlig fremde Männer vor sich, die gewissermaßen seine persönlichen Leibwächter darstellen sollten. Währenddessen standen seine Schwestern stumm hinter ihm und ließen es geschehen.

»Nun, gut«, sagte der König, »in zwei Tagen soll die Expedition beginnen. Mache dich also bis dahin für die Reise bereit.«

»Jawohl«, erwiderte Hamadi und fühlte sich wie überrollt.

»Doch bevor es dann losgeht, werde ich dich hier im Palast erwarten. Dann wird noch alles Wichtige geklärt, also sei am Morgen in zwei Tagen hier.«

»Ja«, bestätigte Hamadi nochmal und nickte.

Damit war die Audienz beendet. Die Soldaten, Sefu und Azibo, gingen wieder und die drei Geschwister verabschiedeten sich und verschwanden auch. Stumm suchten sie sich ihren Weg hinaus und vom Gelände des Palastes hinunter.

Hamadi ging mit erhobenem Haupt, obwohl er lieber den Kopf gesenkt hätte, so schwer wie er ihm vor lauter Gedanken war. Doch so war es nun angemessen für ihn. Als Beauftragter des Königs galt es ab jetzt mutig, abenteuerlustig und voller Tatendrang nach vorne zu schauen.

Die vorletzte Nacht zu Hause, dachte Hamadi und konnte es gar nicht richtig glauben. Still lag er auf seiner Schilfmatte in dem Haus, das er noch nie länger als einige Tage verlassen hatte. Doch es waren nicht Tage, sondern Wochen, vielleicht sogar Monate fern vom trauten Heim, die ihm unmittelbar bevorstanden. Vieles ging ihm bei dieser Vorstellung durch den Kopf. In Gedanken war er überall, nur nicht hier.

Um ihn herum das sanfte Atmen von Satiah, Tahirah und Rehema. Der Mutter war alles erklärt worden und ihr Bedauern hatte sie sich kaum anmerken lassen. Sie hatte sich schon völlig darauf eingelassen, dass das Schicksal sie immer mit Härte konfrontieren würde. So war es ihr eigentlich gar nicht verwunderlich, dass nun noch ihr anderer Sohn fortgehen musste. Was sonst konnte sie denn in dieser Welt erwarten?

KAPITEL 6

Es war der letzte Tag, bevor das Abenteuer beginnen sollte und Hamadi war doch tatsächlich auf den Feldern und arbeitete. Dieser Tag blieb ihm noch und er entschied sich, ihn mit seiner alltäglichen Tätigkeit zu verbringen. Es lenkte ihn ein bisschen ab.

Als es Nachmittag wurde, machte er sich schon früher als sonst aus dem Staub. Es gab noch Sachen zu packen. Feste Sandalen, eine Tunika, die vor der Sonne schützten, aber auch ein wenig wärmen konnte, und weitere Dinge kamen in einen grob gewebten Beutel, den er auf dem Rücken tragen konnte. Das war sein Gepäck, zu dem noch Proviant kam, bestehend aus Lebensmitteln, die zwar recht lang haltbar waren, jedoch nach höchstens zwei Wochen aufgebraucht sein würden. Natürlich hatte der Pharao für Mittel gesorgt, sodass sich die Gruppe unterwegs an verschiedenen Orten würde versorgen können. Das war bereits mit den Beteiligten abgesprochen worden. Mentuhotep selbst war nun froh, dass diese Expedition starten würde und fast noch mehr darüber, jemanden für seinen speziellen Auftrag gefunden zu haben. Es kam ihm sehr gelegen, dass er dem jungen Landarbeiter diesen Gefallen sehr leicht hatte abringen können. Dass sein Feldzug in Nubien nur mäßig vorankam, war eine Sache, doch eine andere war, dass er sein persönliches Leben manchmal bedroht sah. Nubier, die sich im eigenen Land aufhielten, konnten womöglich gefährlich werden. Schließlich gab es unter dem ägyptischen Volk eine Minderheit, die aus ihnen bestand und zudem war das Gerücht im Umlauf, es kämen manche aus dem feindlichen Land nach Ägypten, um hier gezielt Schaden anzurichten. Wie groß war diese Bedrohung? Inwieweit war die innere Sicherheit des Landes gefährdet? Und wie nah konnten Menschen mit feindlichen Absichten an den König selbst herankommen? Solche Fragen stellte sich dieser und hatte schon manche schlaflose Nacht damit verbracht.

Nun hatte er die Aussicht, den Mokrulus in seine Hände zu bekommen. Damit würde er all dem ein schnelleres Ende setzen können …

Noch einmal an diesem Abend stöberte Hamadi durch seine gepackten Sachen. Sicher, es war nicht gerade viel, dennoch hatte er das Bedürfnis, alles nochmal anzuschauen, um ein weiteres Mal festzustellen, dass er fertig gepackt hatte. Die Sonne war fast untergegangen und draußen tastete sich die Dunkelheit langsam vor. Doch ehe es ganz finster sein würde, wollte Hamadi auf dem Dach des Hauses über die Heimatstadt blicken und die Atmosphäre seines letzten Abends hier auf sich wirken lassen. Nicht, dass er sehr hoch auf dem kleinen, bescheidenen Bauwerk stand, aber zumindest konnte er sich ein Stück vom Boden der Stadt abheben.

Also ging er nach draußen, dann um die Hausecke und setzte anschließend einen Fuß nach dem anderen auf die Sprossen der Leiter. Oben nahm er einen tiefen Atemzug und schaute in Richtung Westen, wo der Himmel golden von der Sonne gezeichnet wurde, die selbst schon nicht mehr zu sehen war. Die Stadt kam zur Ruhe. Von sich selbst konnte Hamadi das jedoch eher weniger behaupten. Er dachte ständig an den Aufbruch, der morgen stattfinden sollte. Eigentlich war er sich nicht sicher, ob er diesen Ort wirklich verlassen wollte. Schließlich waren ihm all die Häuser, die aus Schlammziegeln gebaut und in weißer oder sandiger Farbe hier standen, sehr vertraut. Sie alle schmiegten sich ziemlich eng aneinander und ließen häufig nur schmale Gassen, die Hamadi schon als Kind durchstreift hatte. In diesen Gassen und in den größeren Zwischenräumen, die als Straßen dienten, gingen täglich viele Menschen umher, unterhielten sich, transportierten Waren oder trieben ihre Tiere voran.

Hier war alles, was Hamadi kannte. Hier war sein gewohnter Alltag. Doch nun kannte er seine Pflicht. Eine Aufgabe, die er für den König erledigen würde, wodurch er seinen Bruder befreien und seiner Familie helfen konnte.

Als Hamadi so über diese Dinge grübelte, drangen auf einmal ungewöhnliche Geräusche an sein Ohr. Erst waren es nur Stimmen aus irgendeinem Haus in der Nachbarschaft. Dann polterte etwas, jemand schrie plötzlich auf und die Stimmen brüllten etwas in einem aggressiven Ton. Noch ein weiterer Schrei, dann war es kurz ruhig. Eine Haustür, die Hamadi von seiner Position aus sehen konnte, wurde von innen aufgestoßen. Es handelte sich um das Haus, in dem Emheb wohnte. Der, mit dem Hamadi manchmal verwechselt wurde, weil sie sich beide so ähnlich sahen. Aus dem Haus, in dem dieser wohnte, kamen nun drei Männer. Sie hatten eine wesentlich dunklere Haut als die meisten Ägypter, was vermuten ließ, dass es sich um Nubier handelte. Sie schauten sich kurz um und verschwanden dann zügig.

Was war dort vorgegangen? Hamadi hatte eine böse Ahnung, als er ein wehmütiges Stöhnen aus dem Haus hörte.

Gleich darauf kam jemand gekrümmt und etwas humpelnd aus der Tür. Es war Emheb. Blut lief ihm aus der Nase und über die Hand, mit der er sich sein geschundenes Gesicht hielt. Er sprach etwas aus, das wie eine Verwünschung klang und dann zog er die Haustür zu.

Hamadi stieg über die Leiter wieder nach unten. Auch er wollte sich jetzt lieber ins Haus zurückziehen. Gegenüber seiner Familie verlor er kein Wort über das, was er gesehen hatte.

Mit gemischten Gefühlen legte er sich schlafen.

Noch war Hamadi nicht ganz eingeschlafen, da flog ihm plötzlich ein schockierender Gedanke durch den Kopf. Die Nubier hatten irgendwie davon erfahren, dass der König jemanden losschicken würde, um den Mokrulus aus einer Schatzkammer zu stehlen. Denjenigen, der diesen Auftrag erhalten hatte, wollten sie einschüchtern und letztlich daran hindern. Sie wussten, dass Hamadi es war, doch hatten Emheb aufgespürt und ihn verprügelt, nur weil er Hamadi so ähnlich sah. Sie hatten es also eigentlich auf Hamadi abgesehen, doch es war sein großes Glück, dass sie ihn verwechselt hatten.

Ein entsetzlicher Gedanke, bei dem es Hamadi kalt den Rücken herunterlief.

Das ist doch gar nicht möglich, sagte sich Hamadi. Wie sollten sie denn so schnell herausgefunden haben, dass er derjenige war? Woher sollten sie wissen, wie er aussah? Und wie konnten sie denn überhaupt von dem Auftrag gewusst haben? So viel Zweifelhaftes hing an dieser Vermutung, sodass Hamadi es nicht für möglich halten konnte. Es war einfach gänzlich unwahrscheinlich.

KAPITEL 7

Mit klopfendem Herzen und seinem gepackten Beutel auf dem Rücken ging Hamadi auf den Palast zu. Viel Aufregung, aber wenig Schlaf – so würde heute das Abenteuer für ihn beginnen. Er wurde bereits von einer Dienerin erwartet, die ihn durch die Anlage führte und schließlich in einen Saal brachte. Es war derselbe, in dem er vorgestern mit seinen Schwestern gestanden hatte. Diesmal allerdings war er wesentlich belebter. Eine Menge Menschen standen da, die miteinander redeten. Auch die beiden Soldaten, Sefu und Azibo, erkannte er unter ihnen wieder. Doch noch mehr solcher Soldaten waren anwesend. Ein paar der Leute schauten sich einen Papyrus an, auf dem wohl eine Karte gezeichnet sein musste.

Hamadi stand erstmal ein bisschen verloren da. Dann geschah etwas Sonderbares. Alle schauten auf einmal in seine Richtung, beendeten ihre Gespräche und verneigten sich. Vor ihm? Hamadi brauchte einen Moment, um zu begreifen, dass soeben der König hinter ihm den Raum betreten hatte. Schnell wandte er sich zu diesem um und verneigte sich ebenfalls. Von einer kleinen Gefolgschaft begleitet, ging Mentuhotep II. durch den Saal und erfüllte den ganzen Ort mit seiner Anmut. Auf dem Kopf trug er diesmal eine große, funkelnde Krone. Mit seinem kühl distanzierten Blick blieb er vor dem golden verzierten Stuhl stehen, sein Anhang verteilte sich im Raum hinter oder neben ihm. Nun lächelte er seinen Gästen freundlich zu.

»Heute ist der Tag gekommen«, begann er feierlich, »da diese Expedition starten soll. Ihr seid die sechsundzwanzig Männer und Frauen, die aufbrechen werden, um in Nubien nach Goldvorkommen zu suchen. Es geht darum, diese Vorkommen zu erkunden und zu dokumentieren. Euer Ziel liegt im nördlichen Nubien, in dem Gebiet, das bereits unter ägyptischen Einfluss gebracht wurde. Vier von euch werden noch weiterreisen, um den Mokrulus zu beschaffen. Hamadi!«, sagte er laut und zeigte auf den Genannten.

Jetzt schaute ihn alle an und er fühlte sich dadurch verunsichert.

»Du hast dich bereit erklärt, diesen Auftrag zu erfüllen. Du sollst den Mokrulus finden und ihn schließlich hierherbringen. Zu deinem Schutz begleiten dich Sefu und Azibo. Sie habe ich dir ja schon vorgestellt. Den Weg, den du gehen musst, wird dir Ahhotep zeigen. Sie kennt sich hervorragend aus und wird dich führen.«

Eine Frau nickte Hamadi zu. Sie hatte ein selbstsicheres und freundliches Lächeln. Das war Ahhotep und sie machte gleich einen besonderen Eindruck auf Hamadi. Ihre dunklen Augen mit den schönen Wimpern empfand er als besonders markant, vielleicht gerade deswegen, weil Ahhotep keine Haartracht, sondern einen kahlen Kopf hatte. Hamadi musste unwillkürlich zurücklächeln und fühlte sich dabei ihr gegenüber auf eine gewisse Weise ahnungslos und unerfahren.

»Nun«, sprach der König weiter, »in der Angelegenheit des Mokrulus, wird jetzt Demedj, ein Gelehrter meines Hofstaates, alles Relevante erklären.«

»Jawohl, mein Gebieter«, sagte ein kleiner Mann, der bisher neben Mentuhotep gestanden hatte und jetzt nach vorne trat. »Bei dem Mokrulus handelt es sich um ein Schmuckstück, möchte man sagen, welches aus purem Gold besteht und von den Nubiern angefertigt wurde. Der Zeitpunkt seiner Entstehung lässt sich nicht genau festlegen, es ist jedoch davon auszugehen, dass er einige Jahrhunderte alt ist. Das Mystische an ihm ist, dass er damals im Zuge von nubischen Ritualen geweiht wurde und ihm seitdem eine magische Kraft anhaftet, welche den Nubiern zugutekommt. Insbesondere im Kampf gegen unser ehrwürdiges Land, weshalb es dringlich ist, dass er in die Hände seiner Hoheit, unseres Königs, gelangt und von ihm zerstört wird. Dies ist der einzige Weg, die Kraft dieses Schatzes aufzulösen. Nur dem göttlichen Herrscher ist es durch seine Verbundenheit mit den jenseitigen Mächten möglich, das zu bewirken.

Es bleibt noch die Frage zu klären, wie er aussieht. Wir wissen, dass er zylinderförmig ist und etwa so groß wie der Griff eines Schwertes sein muss. Man kann ihn gut in die Hand nehmen. Über die ganze Oberfläche des Zylinders sind Zeichen und nubische Symbole eingraviert. Oben auf dem Zylinder befindet sich das vielleicht auffälligste Merkmal. Dort ist ein gebogener Stachel. Wie ein Reißzahn, möchte man sagen. Daran dürfte der Mokrulus unverwechselbar zu erkennen sein. Das alles ist wie gesagt aus purem Gold. Aufbewahrt ist er in einer Schatzkammer des Tempels Kutakra. Der Tempel war früher eine religiöse Kultstätte, doch hat schon lange an Bedeutung verloren. Heute dient er nur noch als Lager für wertvolle Objekte, weshalb damit zu rechnen ist, dass er bewacht wird. Sobald man aber an den Wachen vorbeigekommen ist, sollte es keine Schwierigkeit sein, ihn zu betreten. Der Tempel Kutakra befindet sich in einer Schlucht, abseits einer kleinen Stadt namens Firka. Die Stadt ist für euch nur zum Finden des Tempels von Belang, doch damit kennt sich Ahhotep natürlich hinreichend aus, nicht wahr?«

Ahhotep nickte.

»Gut«, sagte der Gelehrte Demedj. »Dann ist meinerseits alles gesagt. Danke.«

»Also dann«, sprach Mentuhotep, »die Sonne steigt am Himmel, die Morgenstunden sind schon vorüber. Es ist keine Zeit mehr zu verlieren. Begebt euch nun alle zum Hafen. Bis auf Hamadi, du bleibst noch einen Augenblick hier.«

Die Leute verneigten sich und gingen, wie man es ihnen gesagt hatte. Nur Hamadi blieb stillstehen. Der Pharao ließ sich einen Beutel von einem Diener geben und kam damit auf Hamadi zu.

»Jetzt weißt du, was es mit dem Mokrulus auf sich hat«, sagte er, »und kannst dich auf die Reise begeben. Wenn du ihn gefunden hast, dann sollst du ihn in diesem Beutel verstecken und hierher transportieren.«

Er hielt ihm den Beutel hin, der aus Leinen bestand und völlig schwarz war. Hamadi nahm ihn behutsam an sich, als wäre es ein heiliger Gegenstand.

»Es befindet sich ein Papyrus darin«, sagte der König, »Darauf ist eine Zeichnung des Mokrulus, sodass du dir immer vergegenwärtigen kannst, wie er aussieht.«

»Gut, danke«, sagte Hamadi und nickte.

»Was dich auf deinem Weg erwarten wird, ist ungewiss, doch ich gebe dir meinen Segen. Ich werde die Götter bitten, dir beizustehen, in jeder Situation. Und nun, geh!«

Die Worte des Königs ließen Hamadi Mut schöpfen und damit ging er los. Er verließ den Saal und traf draußen auf die Soldaten Sefu und Azibo, die dort auf ihn gewartet hatten. Sie begleiteten ihn nun zum Hafen. Auf dem Weg fragte er sich, wann er wohl das nächste Mal in dieser Stadt sein würde. Niemand hätte diese Frage beantworten können. Klar war nur, dass er mit einem entwendeten Objekt der Nubier, das aus purem Gold bestand und geheimnisvolle Kräfte besaß, wieder zurückkommen sollte, und vor dieser Vorstellung stand Hamadi wie vor einem hohen Berg, dessen Spitze sich in den Wolken verbirgt. Diesen Berg, der größer war als die höchste Pyramide, die Hamadi kannte, sollte er nun erklimmen. So kam ihm seine Aufgabe vor. Ach, wäre doch alles nur beim Alten geblieben. Hätte Unas niemals diesen törichten Diebstahl begangen, dann säße er jetzt nicht in einer Zelle. Sicher hätte die Familie irgendeinen anderen Weg gefunden, der Armut entgegenzuwirken. Sicher.

Im Hafen war es nicht schwer, das richtige Schiff auszumachen, denn es war eines der größten und viel war dort los. Menschen wuselten auf dem Schiff umher, machten alles für die Abfahrt bereit, trugen Ruder von einem Ort zum anderen und es wurden drei Esel auf das Deck geführt.

Gefolgt von Sefu und Azibo betrat Hamadi es nun selbst. Er zog sich gleich an die Reling zurück, wo er seine Sachen abstellte und sich erstmal anlehnte, um nicht im Weg zu stehen. Doch gleich darauf, als er zur Stadt schaute, sah er, dass dort seine Schwestern und hinter ihnen seine Mutter waren. Sie kamen für die Verabschiedung und so ging Hamadi nochmal vom Schiff und seiner Familie entgegen. Lange Umarmungen und kurze Wortwechsel, die überwiegend aus herzlichen Wünschen bestanden, machten diesen traurigen Akt aus. Hamadi bemühte sich zu lächeln, obwohl das seinem Gemütszustand nicht voll und ganz entsprach.

Dann kam Mentuhotep II. zum Hafen. Es begleitete ihn wie immer ein Gefolge und dazu kam noch eine Ansammlung von Menschen, die alles hatten stehen und liegen lassen, als sie sahen, dass der Pharao durch die Stadt zog. Sie breiteten sich nun hier im Hafen aus, um zu verfolgen, was hier geschah.

Hamadi begab sich wieder auf das Schiff, das kurz darauf losgemacht wurde.

Der König schaute zufrieden, wie sich das große Segel bauschte und sich seine Expedition in Bewegung setzte.

Die Schwestern Satiah und Tahirah winkten ihrem Bruder zu und er erwiderte es. Auch Mutter Rehema winkte noch und Hamadi sah ihren Blick, der ihm traurig und sogar verzweifelt erschien. Es tat ihm leid. Aber hier stand er nun. Auf einem Schiff mit lauter Menschen, die er noch nicht kannte und mit einem weiten, ebenso unbekannten und sicher nicht gefahrlosen Weg vor sich. Er kämpfte mit den Tränen.

Der Hafen von Theben mit den vielen Menschen wurde kleiner und kleiner.

TEIL II

Die Reise nach Nubien

KAPITEL 8

»Bis bald, Theben«, hörte Hamadi eine Frau neben sich sagen. Sie hatte sich zu ihm an die Reling begeben, während er still zurückgeschaut hatte. Ahhotep lächelte und auch Hamadi rang sich ein Lächeln ab, weil er nicht unhöflich erscheinen wollte. Und weil sie seine Sentimentalität nicht sofort bemerken sollte.

»Wollen wir jetzt nicht lieber nach vorne schauen, was meinst du?«, fragte Ahhotep ihn.

»Ja, nur ...«, gab er zurück, »das fällt mir gerade nicht so leicht.«

»Das ist wohl die erste Reise dieser Art, die du machst, nicht wahr?«

»Ja. Aber was hast du denn erwartet? Mein ganzes Leben lang war ich nur ein einfacher Bauer.«

»Keine Sorge, das weiß ich«, beruhigte sie ihn. »Der König hat dir diesen Auftrag nicht gegeben, weil du ein unerschrockener, weit gereister Abenteurer bist, der schon alles gesehen und erlebt hat. Nein. Ich weiß genauso gut wie er, dass wir alle über uns hinauswachsen können und Großes vollbringen können, wenn das Schicksal es von uns verlangt. Dein Schicksal hat dich nun mal aus deinem bäuerlichen Alltag gezogen und auf diese Reise geschickt. Ja, und jetzt bist du unterwegs mit einer Goldexpedition. In diesen

Tagen vielleicht die beste Möglichkeit, nach Nubien zu kommen.«

»Aber gefährlich ist es allemal«, sagte Hamadi. »Es ist doch so, oder?«

Ahhotep schaute ihn einen Moment an, dann erwiderte sie: »Sagen wir, du wirst deinen Mut auf die Probe stellen können.«

Ein Seufzer war Hamadis Antwort. Er bemerkte, wie er von einem der Soldaten beäugt wurde, der ganz in der Nähe auf einer Holzkiste saß.

»Du brauchst dich nicht zu fürchten, du bist nicht allein«, sagte dieser mit einem sanften Lächeln, als Hamadi seinen Blick erwiderte. »Azibo und ich gehen mit dir bis zum Ziel.«

Das war also Sefu, der ihm diese aufmunternden Worte zugesprochen hatte, schlussfolgerte Hamadi.

»Da hörst du es«, sagte Ahhotep. »Du hast zwei tapfere Soldaten an deiner Seite und mich natürlich auch. Ich kenne den Weg und werde dich auf ihm begleiten.«

»Ich danke euch«, antwortete Hamadi.

Im nächsten Moment nahmen einige der Leute an Bord Ruder in die Hand. Hamadi beobachtete sie und Sefu schaute prüfend zum Segel, das vom Wind gedrückt das Schiff vorantrieb.

»Es ist wohl an der Zeit, unserer Geschwindigkeit ein bisschen nachzuhelfen«, sagte Sefu und stand von der Holzkiste auf. Er nahm sich auch zwei Ruder, kam damit auf Hamadi zu und hielt ihm eines der beiden hin. Hamadi verstand das als eine feste Aufforderung und nahm das Ruder in die Hand.

»Komm, mein Freund, wir werden helfen, an Fahrt aufzunehmen«, sagte Sefu lächelnd.

»Ich muss dir gestehen, dass ich das noch nie gemacht habe«, erwiderte Hamadi und fühlte sich unbeholfen.

»Ich werde es dir zeigen. Du wirst es schneller lernen, als du denkst.«

Wie die anderen auch, suchten sie sich einen Platz an einer Seite des Schiffes, Hamadi setzte sich hinter Sefu und dann wurden die Ruder ins Wasser getaucht. Sefu zeigte ihm den Bewegungsablauf und er bemühte sich wirklich, es richtigzumachen. Zwar kam er hin und wieder mit dem Rudern durcheinander, doch als Anfänger schlug er sich nicht schlecht. Ein gutes Dutzend Ruder waren im Wasser und alle spürten, wie sich die Fahrt beschleunigte. Sie fanden einen gemeinsamen Rhythmus ihrer Bewegungen und auch Hamadi passte sich an diesen an, so gut es ging. Dann fing jemand an zu singen. Es war ein bekanntes, traditionelles Lied und immer mehr Leute an Deck stimmten mit ein. So ruderten sie und sangen gemeinsam. Es war der erste Moment, in dem Hamadi sich richtig verbunden fühlte mit seinen Weggefährten. Verbunden durch den Gesang und durch das gleichmäßige Schwingen der Ruder im Wasser. Kraftvoll trieb nun das Schiff dahin auf dem großen, breiten Fluss. Die drei Esel standen starr auf den Planken und schauten desinteressiert vor sich hin. Sie mussten sich noch ein bisschen an die Fahrt auf dem Wasser gewöhnen.

»Siehst du, es geht doch«, sagte Sefu und drehte sich zu Hamadi um.

»Ja, ich glaube, ich habe den Dreh so langsam raus.«

»Schön. Es wird nicht immer erforderlich sein zu Rudern, aber manchmal ist es gut für unser Vorankommen. Außerdem fahren wir immer noch flussaufwärts und werden es daher an einigen Stellen wirklich nötig haben.«

»Mir scheint, du kennst dich gut aus mit der Schifffahrt.«

»Nun ja, durch meinen Dienst im Militär bin ich schon das eine oder andere Mal auf einem Schiff gewesen. Natürlich lernt man dabei auch etwas darüber. Aber jetzt bin ich nicht unterwegs, um an die Front zu ziehen. Darüber bin ich froh, das muss ich schon sagen.«

»Verstehe«, sagte Hamadi.

»Aber jetzt komm, mein Freund«, sagte Sefu und stand von seinem Platz auf, »wir schauen mal, was es so zu sehen und zu entdecken gibt.«

Sie zogen die Ruder heraus, stellten sich an die Reling und betrachteten das Bild des Nils, das sie vor sich hatten. Weit reichte das Wasser des Flusses, bis es ein Ufer erkennen ließ, wo sich Schilf zu Dickicht zusammendrängte und dann von Palmen und einzelnen Bäumen übergipfelt wurde, die dahinterstanden. An manchen Stellen war der Blick frei auf die Äcker, die dort angelegt waren und von Wassergräben zerteilt wurden.

»Siehst du die Felder?«, fragte Hamadi. »Auf einem solchen wäre ich normalerweise um diese Zeit.«

»Hm, aber vielleicht würdest du auch bei irgendeiner Hütte sitzen und wärst gerade dabei, Geräte für die Feldarbeit zu reparieren oder sauberzumachen«, entgegnete Sefu. »So, wie wir Soldaten es mit unserer Ausrüstung tun.«

»Das stimmt«, sagte Hamadi und lachte erstaunt von der Kenntnis, die Sefu offenbar über die Arbeit in der Landwirtschaft hatte.

»Dahinter liegt die Wüste«, fuhr Sefu fort.

»Ja, aber von hier aus sieht man sie gar nicht«, gab Hamadi zurück.

»Nein. Aber wir sind in diesem Land stets und ständig von der Wüste umgeben. Man wird bald auf sie stoßen, sollte es einen in diese Richtung ziehen. Da ist kein saftig grünes Land mehr. Da ist kein Schatten, kein Wasser ...«

»Aber ich finde diese Berge schön, die dort stehen.«

»Oh ja, ich auch«, sagte Sefu. »Die Wüstenberge. Die machen schon etwas her in der Landschaft.«

»Sie heben sich so schön ab vom Rest des ewig kargen Ödlands«, sagte Hamadi.

Schweigend schauten sie weiter das Bild an, das sich langsam, aber stetig veränderte, mit dem Vorankommen auf dem Fluss. Das ferne Ufer zog vorbei und das Wasser spülte um das große Holzgefährt. Manchmal erklang der Ruf eines Vogels und manchmal waren die Laute eines ganzen Vogelschwarmes, der irgendwo in der Vegetation saß, zu hören.

Hamadi drehte den Kopf in Fahrtrichtung und schaute zum Bug.

»Ich werde nach vorne gehen«, sagte er zu Sefu und tat es.

»Da komme ich mit.«

Ein Mann stand dort am Bug und starrte unentwegt voraus. Sie näherten sich ihm und stellten sich links und rechts neben ihn, um seine Ansicht zu teilen. Die ganze Breite des Flusses konnten sie von hier überblicken. Nun wurden sie natürlich von dem Mann bemerkt.

Er wandte sich zu ihnen um und sagte: »Ich meine, wir kennen uns noch nicht.«

»Richtig, ich bin Sefu«, lächelte Sefu. »Soldat und Begleiter von Hamadi hier.«

»Ja, und ich bin Hamadi, der …«

»Der Schatzsucher des Königs«, fiel der noch Fremde ihm ins Wort. »Ja, deinen Namen habe ich schon gehört. Jetzt ist mir auch das Gesicht bekannt. Freut mich, euch kennenzulernen. Mein Name ist Menes. Ich bin der Leiter dieser Expedition. Neben Ahhotep, versteht sich. Sie führt eure Reise an und ich kümmere mich um die Expeditionsgruppe für die Goldsuche.«

»Verstehe«, sagte Hamadi, als Menes eine Pause in seine unruhige Rede einlegte.

»Interessant und gut zu wissen«, fand Sefu.

»Tja, so ist das«, redete Menes weiter. »Dann werden wir wohl, bis wir Swenu erreichen, zusammen das Vergnügen haben. Dort trennen sich unsere Wege, müsst ihr wissen. So ist das geplant.«

»Auch das ist interessant«, sagte Sefu nickend.

»Und was ist bis dahin noch so vorgesehen?«, fragte Hamadi.

»Zum Beispiel, wo wir heute übernachten werden. Es ist eine kleine Stadt, in der wir am Abend ankommen sollten. Wir werden pünktlich sein. Wenn nichts weiter dazwischenkommt.«

Und so kam es dann auch. Der Abend kam, sie aßen alle noch gemeinsam auf dem Schiff, nahmen ein wohlverdientes Abendessen zu sich und wenig später war das Ziel auch schon erreicht. Menes hatte nicht gelogen, es war wirklich nur eine kleine Stadt. Kaum zu vergleichen mit Theben, wie Hamadi fand. Sie war allerdings groß genug, um eine Herberge für Reisende zu haben. Kein Wunder, da sie doch so nah am Nil und damit an der Hauptverkehrsader des Landes lag.

Sie legten an, eine Planke wurde platziert und sie liefen alle nacheinander darüber, um schließlich wieder festen Erdboden unter den Füßen zu haben. Hamadi folgte schön brav Menes, der ganz vorne ging und sie in das Haus führte, das ihnen in dieser Nacht ein Dach über dem Kopf bieten sollte.

Dieser aufregende Tag hatte ihm ein paar neue und nicht wenig wertvolle Bekanntschaften gebracht. Nichtsdestotrotz war er am Abend in Gedanken noch bei seiner Familie, die in Theben auf das Gelingen seines Auftrages hoffte und von denen er sich nun immer weiter entfernen sollte.

KAPITEL 9

Ohne viel Zeit zu verschwenden, wurde am Morgen des nächsten Tages schnell wieder aufgebrochen. Menes drängte darauf, in seiner ohnehin unruhigen Art. Also machte man das Schiff startklar und segelte los. Sehr bald wurde auch wieder zu den Rudern gegriffen.

»Wir liegen gut im Zeitplan, aber um das auch so beizubehalten, kann die Anstrengung nicht schaden«, kommentierte Menes dazu.

Hamadi strengte sich durchaus an und war bemüht, dabei so gut zu sein wie Sefu, der ihm nun schon ein recht vertrauter Kumpan war. Mit dem anderen Soldaten, Azibo, war das nicht so. Noch hatte Hamadi kein Wort mit ihm gewechselt, doch er merkte, wie er immer wieder von ihm beobachtet wurde. Vielleicht täuschte er sich, doch Azibo schien ständig ein Auge auf ihn zu haben. An diesem Tag zum Beispiel, saß der Soldat gerade da, polierte sein Schwert und Hamadi, der unweit von ihm stand, bemerkte seinen Blick, der ihn fast schon misstrauisch zu prüfen schien. Da beschloss der junge Bauer, ihn anzusprechen und nahm seinen Mut zusammen.

»Du bist Azibo, nicht wahr?«, fragte er mit höflichem Ton.

»Der bin ich«, kam als schlichte Antwort.

»Ah, das habe ich mir also gemerkt«, sagte Hamadi und versuchte, freundlich zu wirken. »Und ... was hältst du so von unserer Reise?« Etwas Besseres fiel ihm beileibe nicht ein.

Azibo legte die Stirn in Falten, sah sein Gegenüber an und sagte: »Was soll ich schon davon halten? Das spielt doch keine Rolle. Ich tue, was der König mir befohlen hat. Das ist alles.« Dann wandte er den Blick ab und schaute in die Ferne. »Dass mein Weg nun wieder mit dem der Nubier zusammentreffen wird, war abzusehen. Ich hoffe nur, die bleiben uns vom Leib, wenn wir erst in ihrem Land sind. Nicht nur für uns hoffe ich das, sondern auch für sie.«

Jetzt sah Hamadi ihn von der Seite an, beobachtete ihn, behielt ihn im Auge.

»Wir werden sehen«, sagte Azibo langsam und schaute immer noch irgendwohin in die Weite.

»Hm«, machte Hamadi und nickte.

Eine Weile sagte keiner mehr etwas, bis sich Azibo zu ihm wandte.

»Und du?«, sagte er. »Wie stehst du zu der Reise? Du fürchtest dich doch nicht zu sehr, oder?«

»Nein nein ...«, entgegnete Hamadi, doch meinte es eigentlich nicht wirklich so.

»Na gut, sonst wäre das auch nichts. Wäre doch alles zu schade für den Auftrag, meine ich.«

»Ja ... sicher«, stammelte Hamadi, aber sicher war er sich nur darüber, dass er ein Gefühl von Zweifel in seinem Bauch hatte. Ihm war nicht klar, was Azibo wirklich dachte und meinte. Jedenfalls war das Gespräch damit beendet.

Die Nillandschaft mit der Weite des Wassers und den üppig grünen Ufern war immer da, immer um sie herum, während nur die Sonne ihre Bahn zog, sich irgendwann neigte und den Abend einläutete. Da sie schon früh die

Segel gesetzt hatten, kamen sie auch früher in der Stadt an, die der Plan für heute zu erreichen vorsah. Wieder war es eine Stadt, die nicht gerade groß war. Unscheinbar tauchten ihre Häuser auf, hinter den idyllisch anmutenden Palmen und anderen Gewächsen, die die kleine hölzerne Anlegestelle säumten, an der sie das Schiff verließen. Hamadi war froh darüber, dass ihnen jetzt das Abendessen und die Herberge winkten. Die anderen sahen auch so aus. Nur einer von ihnen, der auf dem Steg der Anlegestelle stehen geblieben war, war noch eifrig damit beschäftigt, auf einem Papyrus etwas aufzuschreiben. Er war Hamadi schon eher aufgefallen. Er sah jung aus, vielleicht noch ein bisschen jünger als er selbst und schien der Einzige zu sein, der das Lesen und Schreiben beherrschte. Für Hamadi, der von solchen Künsten nicht viel verstand, stellte sich natürlich die Frage, was er da eigentlich machte. Unterwegs hatte er ihn schon mehrmals dabei gesehen, wie er ganz ruhig und anmutig mit seinem Schreibmaterial arbeitete. Auch gestern Abend hatte er es getan, als sie am Tagesziel angekommen waren. Jetzt, als Hamadi gerade an ihm vorbeilief, wandte er sich um.

»Es sieht interessant aus, was du das machst«, sagte er.

Der Schreibende schaute erfreut auf und antwortete: »Oh, ich dokumentiere unsere Reise, musst du wissen. Ich bin der Schreiber und heiße Baniti.«

»Und ich bin …«

»Hamadi, ich weiß«, kam ihm Baniti zuvor. »Das liegt daran, dass ich die Teilnehmenden dieser Unternehmung namentlich kenne.«

»Ach so ist das.«

»Alles soll schriftlich festgehalten werden. Die Fakten, die Ereignisse und all diese wichtigen Dinge werden von mir dokumentiert.«

»Das machst du also immer, wenn man dich schreiben sieht.«

»Klar. Das gehört zu dieser Expedition dazu.«

Da kam Menes zu den beiden, weil er als Letzter das Schiff verließ.

»Ah, Hamadi, wie ich sehe, hast du schon unseren Schreiber kennengelernt«, sagte er. »Aber kommt jetzt, ihr beiden, wir wollen den anderen folgen.«

Sie gingen los.

»Nun ja, ich kenne jetzt vielleicht eine Handvoll der Leute und weiß, was ihre Aufgabe ist«, sagte Hamadi, »aber meint ihr, ihr könntet mir erklären, welche Funktionen alle hier haben? Das würde mich doch sehr interessieren, muss ich sagen.«

Dafür waren Menes als Leiter der Expedition und Baniti als kundiger Schreiber natürlich die richtigen Ansprechpartner. Sie setzten Hamadi über die Teilnehmenden und ihre jeweiligen Aufgaben in Kenntnis. Es stellte sich heraus, dass sieben Männer dabei waren, die sich mit Gold und seiner Gewinnung auskannten, und sozusagen noch auf ihre eigentliche Arbeit warteten, die dann in Nubien stattfinden würde. Drei Frauen reisten mit, die tatsächlich Gemahlinnen waren und sich um die täglichen Speisen und Getränke kümmerten, denn das durfte ja auf keinen Fall vernachlässigt werden, auf so einer Reise. Was aber auch dazugehörte, waren die, die das Vorankommen sicherstellen sollten, in dem Fall mit dem Schiff. Handwerker also, die das Gefährt fahrtauglich zu halten hatten und sich mit allem befassten, was sonst noch aus Holz bestand. Vier waren es an der Zahl. Dann war natürlich Baniti dabei, der schon erklärt hatte, was er als Schreiber machte. Menes fungierte neben Ahhotep als Leiter der Expedition. Ja und Ahhotep sollte letztendlich Hamadi den Weg weisen. Außer ihr würden noch die Soldaten Sefu und Azibo ihn zum Tempel Kutakra begleiten, doch sie waren nicht die einzigen bewaffneten Gefährten, die es hier gab. Sechs weitere Soldaten reisten mit, denn jeglicher Aufenthalt in Nubien würde nicht ganz ungefährlich sein. Auch erwähnt wurden schließlich die drei Esel, die für Lasten zuständig waren.

Das waren nun alle, die an der Reise teilnahmen. Und sie zogen an diesem Abend in die nächste Herberge ein, wie eine stolze Gruppe wichtiger Würdenträger. Sie kamen sich vor wie die Gesandten des Königs, die sie letztlich auch waren, und voller Überzeugung, Speis und Trank dieses Abends mehr als redlich verdient zu haben, langten sie zu, um dann mit der nötigen Bettschwere die Schlafräume aufzusuchen.

Es blieb nur die Frage, wie lange ihnen wohl diese Haltung vergönnt bleiben sollte.

KAPITEL 10

Am Morgen hatten Satiah und Tahirah einen wichtigen Gang zu erledigen. Ihre Mutter Rehema mussten sie erst überreden mitzukommen, doch dann folgte sie sehr bereitwillig ihren Töchtern, denn schließlich durfte sie heute ihren Sohn sehen. Der beklagenswerte Unas, der in der Zelle zu endlosem Ausharren gezwungen war, freute sich bis über beide Ohren, als er Mutter und Schwestern sah. Sie umarmten sich, soweit das angesichts der Gitterstäbe möglich war.

»Wir haben die Erlaubnis, heute mit dir zu reden«, erklärte Satiah.

»Ich bin ja so froh, euch zu sehen!«, sprudelte es aus Unas hervor. »Ihr könnt euch nicht vorstellen, wie das ist, hier eingesperrt zu sein.«

»Halte durch«, sagte Tahirah, »Hamadi ist auf dem Weg.«

»Auf dem Weg? Was heißt das?«

»Verstehe Tahirah nicht falsch«, fuhr Satiah fort. »Hamadi ist auf dem Weg nach Nubien, denn er hat einen Auftrag von König Mentuhotep erhalten. Er soll dort einen Schatz finden. Und wenn er das geschafft hat und damit zurückkehrt, dann wirst du freigelassen. Das hat der König versprochen.«

Unas' Blick sank besorgt auf den Boden. Sein Herz füllte sich mit Bedauern und seine Augen mit Tränen.

»Hamadi …« Er biss sich auf die Unterlippe. »Es ist so bewundernswert, was er da tut. Er wird es schaffen.« Da versagte ihm die Stimme. Trotzdem versuchte er weiterzusprechen. »Es tut mir so leid.«

Mutter Rehema strich ihm über die Schulter.

»Ist schon gut, mein Junge«, sagte sie. »Es ist nun mal alles geschehen.«

Unas nickte langsam.

»Wir machen weiter … und es wird schon alles wieder in Ordnung kommen«, sagte Satiah, denn sie fühlte sich zu tröstenden Worten verpflichtet. »Auch Hamadi tut, was er kann. Und schließlich wirst auch du alles überstehen.«

Tahirah schaute ihre ein Jahr ältere Schwester still und traurig an und wusste ihre Worte zu schätzen.

Viele Meilen aufwärts des Nils in einer kleinen Stadt südlich von Theben stand zu diesem Zeitpunkt Hamadi und gähnte in die frische Morgenluft. Er hatte schon mal besser geschlafen. In der vergangenen Nacht waren die anderen und er noch recht lange aufgeblieben und manch einer hatte das Bier doch sehr willkommen geheißen. Unweit von hier lag ein Feld, auf dem schon einige Bauern fleißig arbeiteten. Hamadi beobachtete sie, doch ließ es dann bleiben, sonst wäre noch der Wunsch in ihm aufgekommen, selber lieber wieder auf dem Feld zu stehen. Schließlich hatte er nun eine andere Aufgabe und bei dem Blick in Richtung Nil sah er den Mast des Schiffes, der leicht hin und her schwenkte. Er schien nach ihm zu winken. Hamadi ging auf die Anlegestelle zu. Er folgte dem Ruf. Doch dann entschied er sich anders. Die Vegetation, die hier ein ausgesprochen schönes Buschwerk bildete, zog ihn an. Ein wenig Zeit, um darin herumzuspazieren, sollte er haben. Kleine und große Sträucher, ein paar Bäume und viele Palmen umgaben ihn und spendeten Schatten vor der noch frühen Morgensonne. Im Buschwerk tummelten sich kleine Vögel, die er hören, aber kaum sehen konnte. Er ging jetzt parallel zum Fluss, das Schiff war nicht weit weg von hier, doch mit jedem Schritt entfernte er sich davon. Es gefiel ihm, wenn er nicht mehr in einer Linie geradeaus gehen konnte, sondern einer Palme oder dicht stehenden Sträuchern ausweichen musste. Als dann ein besonders großer Feigenbaum vor ihm auftauchte, hielt er schließlich inne und schaute nach oben in die mächtige Krone. Da erinnerte er sich an etwas, das mal ein Händler in Theben erzählt hatte. Dieser Händler war schon weit gereist, hatte ferne Länder gesehen und in manchen dieser Länder, so hatte er erzählt, gab es riesenhafte Bäume, die ganze Landschaften bedeckten. Orte, an denen man ringsherum nur Bäume sah, egal wohin man schaute. Solche Gebiete existierten nicht in Ägypten. Hamadi konnte sich das nur vorstellen, doch allein diese Vorstellung beeindruckte ihn.

Ein Geräusch hinter ihm. Er drehte sich um und entdeckte Azibo, der ihm offenbar gefolgt war.

»He, Hamadi, du solltest dich jetzt nicht vom Schiff entfernen. Denn du weißt doch, dass wir bald loswollen.«

»Klar. Ich wollte mir bloß ein bisschen die Gegend anschauen.«

»Hm«, brummte Azibo. Er schien wohl ein Problem damit zu haben, wenn sein Schützling einfach auf eigene Faust irgendwohin losging.

›Als wolle er mich kontrollieren‹, dachte Hamadi.

»Dann gehen wir eben wieder zum Schiff«, sagte er also.

Am Schiff allerdings war es nun wirklich noch nicht an der Zeit für den Aufbruch. Noch waren gar nicht alle da.

Sie kamen erst nach und nach, trugen noch verschiedene Dinge an Deck. Hamadi ging jedenfalls dicht gefolgt von Azibo auf das Wasserfahrzeug und beschloss, hier zu warten. Sefu kam und lächelte ihm zu. Auch der Schreiber Baniti grüßte ihn höflich. Die Reisegefährten fanden sich zusehends ein. Auch die drei Esel waren natürlich nicht zu vernachlässigen und wurden an ihren Platz gestellt. Nun war alles fertig und die Reise konnte weitergehen.

Hamadi schaute sich um und dabei entdeckte er, dass in diesem Moment ein Boot anlegte, gleich hinter dem Schiff, das sich soeben in Bewegung setzte. Das Schiff entfernte sich jetzt von der Anlegestelle, die soeben von den Insassen des gerade ankommenden Bootes betreten wurde. Sie sahen aus wie Nubier, das bemerkte Hamadi gleich. Gerade deswegen behielt er sie so aufmerksam im Auge. Einer von ihnen stand nun neben dem Boot und schaute hinüber zum davonsegelnden Schiff. Da kreuzten sich ihre Blicke. Hamadi schaute in ein Gesicht, das er schon einmal gesehen hatte. Vor wenigen Tagen erst war es dieser Nubier gewesen, der aus einer Haustür gekommen war. Es war jener Abend, als Hamadi unfreiwillig Zeuge davon wurde, wie Emheb von drei Nubiern verprügelt wurde. Erst hatte er es gehört und dann sah er, wie die Täter das Haus ihres Opfers verließen. Einer der drei Täter hatte genauso ausgesehen wie der Mann dort drüben an der Anlegestelle, der ihn jetzt so fest anstarrte. Sein Blick war so unerbittlich, als wollte er sagen: ›Du liegst richtig, Hamadi. Wir sind es wieder. Und wir werden dich schon noch kriegen.‹

Etwas verstört drehte sich Hamadi um und zog sich zurück. Einige griffen wieder zu den Rudern und Hamadi war gleich dabei. Bloß weg von hier! Die Fahrt konnte nicht schnell genug gehen. Es war schon schlimm genug, dass einer der Nubier ihn gesehen hatte, denn wenn sie wirklich von dem Auftrag wussten und den Beauftragten, also Hamadi, stoppen wollten, dann waren sie nun in der Lage, das Schiff, auf dem er sich befand, zu verfolgen. Der junge Bauer, der nicht glauben konnte, wo er da hineingeraten war, falls denn die Vermutungen stimmten, legte sich so richtig ins Zeug beim Rudern und versuchte, sich ansonsten nichts weiter anmerken zu lassen. So ging es den ganzen Tag voran. Ab und zu spähte Hamadi zurück, um zu sehen, ob sich ein Boot von hinten näherte. Das war jedoch nicht der Fall.

›Wahrscheinlich bin ich viel zu ängstlich wegen etwas, das am Ende doch nichts ist‹, ging es ihm irgendwann durch den Kopf. Dann erfuhr er, dass sie die folgende Nacht nicht in einer Herberge, sondern unter freiem Himmel verbringen würden, was ihm nicht wirklich gefiel.

Dieser Ort war dann am frühen Abend erreicht. Jedenfalls wurde das Schiff an einer Stelle zum Halten gebracht, an der eine Sandbank einen Weg an Land bot. Schilf stand hier trotzdem recht üppig.

Abenteuerlich wurde nun die Holzplanke platziert (sie stand am unteren Ende im Wasser) und die Ersten gingen von Bord. Als Hamadi an der Reihe war, musste er aufpassen, das Gleichgewicht auf dem wackeligen Brett zu halten. Noch schwieriger hatten es die drei Esel, denen dieser unsichere Ausstieg gar nicht gefiel. Als dann aber auch sie an Land gebracht waren, bewegte sich die ganze Gruppe weg vom Ufer und es tat sich eine grüne Graslandschaft vor ihnen auf. Sogleich begannen einige mit dem Aufbau des Nachtlagers. Schilfmatten wurden auf dem Boden ausgebreitet und dazu jeweils eine Decke. Wenn das auch eine einfache Art und Weise zum Nächtigen war, staunte Hamadi nicht schlecht, denn es wurden damit genau 26 Schlafplätze geschaffen, für jede und jeden einer. So gut war diese

Reise vorbereitet worden. Die Kisten, in denen diese Schilfmatten und Decken transportiert worden waren, stellte
man einfach als Sitzgelegenheit hin. Die Esel band man
ganz in der Nähe an einem knorrigen kleinen Baum an.
Auch das Nötigste der Vorräte hatte man vom Schiff her-
getragen und nun wurde daraus das Abendessen bereitet.
Hamadi suchte sich schon eine der Schilfmatten aus und
legte den Beutel mit seinen Habseligkeiten darauf ab. Nun
also sollte eine Nacht unter freiem Himmel folgen. Ein
Umstand, unter dem man von böswilligen Menschen nur
allzu leicht überfallen werden konnte.

KAPITEL 11

In aller Frühe wachte Hamadi auf. Es wurde zwar schon langsam hell, doch die Sonne war noch nicht aufgegangen. Eine unruhige Nacht lag hinter ihm. Sein leichter Schlaf war manchmal unterbrochen worden, nicht selten von Geräuschen, die aus der Richtung des Ufers kamen. Dann ging ihm die unheimliche Vorstellung von Nubiern, die hinter ihm her waren, durch den Kopf. Doch nun war der neue Tag da, den er mit trüben Augen begrüßte. Er bahnte sich einen Weg durch das Lager aus Schilfmatten, von denen manche noch belegt und andere schon leer waren, und ging zum Fluss. Dort erfrischte er sich am kühlen Wasser mit einer kurzen Katzenwäsche. Nicht weit von hier sah er zwei der Reisegefährten auf einem umgestürzten Baum, welcher seine Krone ins Wasser senkte. Menes und Baniti. Sie saßen dort so ruhig wie der Morgen selbst. Menes hielt eine Angel und Baniti beobachtete aufmerksam, ob ein Fisch kommen würde. Hamadi näherte sich ihnen und er fand noch einen Platz auf dem Stamm des Baumes. Still genoss er die kühle Luft.

»Meinst du, es beißt noch einer an?«, fragte Baniti nach einer Weile.

»Irgendwann bestimmt«, antwortete Menes leise. »Es braucht nur Geduld.«

Für Hamadi schien es, als sei Menes die Geduld in Person. Bisher hatte er den Leiter der Expedition noch nicht so ruhig erlebt wie jetzt gerade. Das Angeln schien seine sonst so hektische Art zu besänftigen.

»Übrigens, Hamadi«, sagte Baniti, »der Fisch wird unser Frühstück sein. Es ist doch in Ordnung für dich, wenn du ihn dir mit fünfundzwanzig anderen teilen musst, oder?«

Hamadi grinste. »Ich wusste gar nicht, dass unsere Vorräte schon aufgebraucht sind. Hast du etwa in der Nacht alle restlichen Datteln und was sonst noch da war weggefuttert?«

Baniti schaute lächelnd aufs Wasser und überlegte sich eine Antwort.

»Nicht ich«, sagte er kurz darauf. »Menes war es. Deswegen muss er jetzt das Frühstück angeln, weißt du?«

Sie lachte beide und auch Menes schmunzelte in seiner entspannten Stimmung. Einen Fisch angelte er nicht mehr. Heute hatte er einfach kein Glück.

Ahhotep rief die drei. Es war das Zeichen zum Aufbruch. Damit ging es weiter südwärts. Immer weiter nach Süden und die Sonne strahlte pausenlos auf die Reisenden nieder. Zu sehen gab es eigentlich nur Wasser und das angrenzende Ufer. Interessant wurde es manchmal, wenn andere Schiffe auftauchten, die oft in die entgegengesetzte Richtung fuhren. Kamen sie an einer Siedlung vorbei, waren es vor allem Fischer, die sich in ihren kleinen Booten beobachten ließen. Doch ab und zu gab es große Schiffe zu bestaunen, die mit riesigen, unfassbar schweren Steinblöcken beladen waren – Materialien für Bauwerke, deren Größe und Bedeutung man sich entfernt vorstellen konnte.

An diesem Abend fuhren sie eine Stadt namens Nechen an. Trotz dieser Tatsache wurde wieder ein Lager unter freiem Himmel aufgeschlagen. Hamadi fragte Menes nach dem Grund.

»Wir wollen nicht in jeder Stadt einen großen Einzug feiern. Der Plan sieht das nicht vor«, war die nebulöse Antwort.

Er sollte sich wohl lieber daran gewöhnen, ging es ihm durch den Kopf. So fanden sie vor dem Stadtrand von Nechen einen Platz, der kein Acker war und auch nicht anderweitig von der Landwirtschaft beansprucht wurde, und breiteten sich dort aus. Von den wenigen Menschen, die noch in den Abendstunden hier vorbeikamen, wurden die Reisenden etwas verwundert beäugt, aber niemand störte sich an ihrer Anwesenheit.

In dieser Nacht schlief Hamadi besser ein als in der letzten. Doch bald tauchte er in eine Traumwelt, die diesen Schlaf zu keinem angenehmen machte. Er fand sich am Nilufer stehend. Vor ihm der Fluss, wie er ihn kannte. Er spürte etwas. Eine dunkle Vorahnung stieg in ihm auf. Da sah er, wie in der Ferne ein Boot auf dem Nil auftauchte. Es kam näher. Hamadi fühlte einen deutlichen Drang, sich zu verstecken. Dieses Boot war ihm ganz und gar nicht geheuer. Also suchte er schnell das nächste Gebüsch auf, um sich dahinter zu verbergen. Durch die Zweige und Blätter hindurch beobachtete er das sich nähernde Gefährt. Es war nun fast auf gleicher Höhe wie er und so konnte er sie sehen: die Nubier. Einer von ihnen drehte den Kopf zum Ufer und Hamadi fühlte, wie die Augen dieses Kerls ihn durch das Gebüsch hindurch abtasteten. Sein Versteck war nicht mehr sicher. Sollte er einfach wegrennen, so schnell er konnte? Er tat es nicht. Stattdessen stand er bewegungslos, gab keinen Mucks von sich und betete, der Nubier würde den anderen nichts sagen und das Boot würde geradewegs weiterfahren. Und es fuhr weiter, doch der durchdringende Blick lag weiterhin auf Hamadi wie ein kaltes Messer, das drohte, sich in seine Haut zu bohren. Nun schaute er sich nach einem geeigneten Fluchtweg um und entdeckte dabei, dass direkt hinter ihm Theben war. Die vertraute Heimatstadt, sein Zuhause. Er brauchte sich nur umzudrehen und loszurennen, und genau das tat er. Den Fluss beachtete er nicht mehr. Er lief und lief so schnell er konnte auf Theben zu. Doch sowie er das tat, sah er wie sich die Stadt langsam von ihm entfernte. Egal wie sehr er sich anstrengte, zu rennen, die Distanz wurde nur noch größer. Theben war unerreichbar.

Da wachte er auf. Dunkelheit herrschte noch, aber ein Blick zum Himmelszelt ließ vermuten, dass der Morgen wohl bald dämmern würde. Mit einem leisen Seufzer kauerte sich Hamadi in der Decke zusammen und schloss wieder die Augen. Nochmal richtig einzuschlafen, gelang ihm nicht. Er döste nur so vor sich hin und die Zeit verging.

Später wurde gefrühstückt. Alle saßen irgendwo auf der Fläche verteilt und zufällig war es Ahhotep, die Hamadi schräg gegenübersaß und sah, wie dieser in Gedanken an den Traum der Nacht vor sich hin starrte.

»Na, wie hast du geschlafen, Hamadi?«, fragte sie und er schaute sie etwas überrascht an.

»Ach, eigentlich gut … bis auf einen schlechten Traum.«

Ahhotep nickte und sagte nach einer Weile: »Dann lassen wir auf einen schlechten Traum einen guten Tag folgen.«

Das war nun der vierte Tag nach dem Aufbruch in Theben und die Reise brachte sie an immer neuen Orten des Landes vorbei und führte sie heute in die nächste große Stadt. Sie erreichten Djeba am Abend, gingen vom Schiff und bezogen doch tatsächlich eine Herberge für die Nacht. Offenbar galt die gestrige Aussage von Menes nicht immer.

Hamadi war es nur recht, denn in einem Haus fühlte er sich doch sicherer.

KAPITEL 12

In der Stadt Djeba herrschte reges Treiben und das besonders auf dem Marktplatz. Ausgerechnet den suchten die Reisenden an diesem Morgen auf. Sie mussten hier neue Vorräte besorgen, denn die mitgeführten Nahrungsmittel waren so gut wie aufgebraucht. Es stellte sich als gar nicht so leicht heraus, zu finden, was sie wollten, in all dem Getümmel. Auch Hamadi schaute sich um und suchte mit, aber sein Blick fiel doch eher auf die Menschen als auf die Waren. In einem Moment fiel er dann auf eine Gruppe, deren Auftauchen ihn wahrlich erschreckte. Es waren doch tatsächlich die Nubier! Genau diese, die er zuletzt vor zwei Tagen gesehen hatte, als sie an jener Anlegestelle ankamen, von der das Schiff gerade aufbrach. Das war noch nicht das Schlimmste, denn er musste mit Entsetzen feststellen, dass sie auch ihn gerade entdeckt hatten. Sie schauten zu ihm herüber und ihre Blicke waren unmissverständlich. Sie waren hinter ihm her! Sofort wandte sich Hamadi an Sefu.

»Hör mal, Sefu. Ich … habe das Gefühl, hier nicht sicher zu sein.«

Der Soldat schaute ihn ein wenig verblüfft an.

»Wie meinst du das?«

»Ich glaube, ich bin in Gefahr! Sieh mal dort drüben«, und er deutete mit dem Kopf in die Richtung, »da sind mehrere Nubier. Die wollen mich aufhalten, weil ich doch den Auftrag habe.«

Nun schaute Sefu noch verblüffter und er entdeckte die Gruppe. Dabei wurde er nun Zeuge davon, wie einer von ihnen gerade mit dem Finger auf Hamadi zeigte, während neben ihm ein besonders großer und kräftiger Nubier stand. Dieser Kerl sah ungeheuer grimmig aus. Vermutlich war er der Anführer der Truppe.

»Das gibt's doch nicht, du hast recht!«, sagte Sefu. »Halte dich unter unseren Soldaten auf, ich bleibe dicht bei dir.«

Sofort tat Hamadi dies und versuchte dabei, die Verfolger im Blick zu behalten. Diese bewegten sich nun auf dem Marktplatz hin und her, der Große allen voran, und kamen dabei langsam näher und näher. Hamadi hatte Schwierigkeiten, sie nicht aus den Augen zu verlieren. Sein Herz klopfte.

Es dauerte nicht lange, bis Ahhotep von der angespannten Situation Notiz nahm.

»Stimmt etwas nicht?«, fragte sie Hamadi.

Hamadi schüttelte den Kopf. »Ich werde von Nubiern verfolgt. Ich weiß, es klingt abwegig, aber es gibt keine andere Erklärung.«

Ahhotep schaute sich nach den Verfolgern um.

Sefu fügte hinzu: »Allem Anschein nach, wollen diese Kerle Hamadi an den Kragen.«

»Verstehe«, entgegnete Ahhotep und leise murmelte sie: »Das war natürlich abzusehen.«

Hamadi hörte ihre Worte trotzdem und verstand sie auch, was sein Entsetzen nicht gerade besänftigte.

»Können wir nicht einfach von hier verschwinden?«, fragte er hektisch.

Ahhotep nickte und wandte sich an Menes, den sie wissen ließ, dass sie mit Hamadi schon jetzt zum Schiff gehen würde.

»Also los«, sagte sie danach. »Sefu, du kommst mit und Azibo auch.«

Die vier entfernten sich von der Gruppe. Allerdings bemerkten die Nubier das und so kamen sie nun ohne jede Zögerlichkeit schnellen Schrittes direkt auf sie zu.

»Sie kommen!«, rief Hamadi, als er das sah und eilte vorneweg, wie ein aufgescheuchtes Tier. Im nächsten Moment rannten sie alle, auch die Verfolger.

So bald wie möglich bog Hamadi um eine Ecke, lief ein Stück geradeaus, machte wieder eine Kurve und bahnte sich so einen unklaren Weg durch die Stadt. Ahhotep, Sefu und Azibo hielten Schritt. Die Hauptsache war es, immer wieder links und rechts abzubiegen, um so die Feinde abzuschütteln.

Sie schienen nach einer Weile nicht mehr hinter ihnen zu sein, was gut war. Schlecht war nur, dass niemand von den vieren sagen konnte, wo die Verfolger tatsächlich waren und sie selbst standen nun irgendwo in einer fremden Stadt.

»Lasst uns den Weg zum Hafen suchen«, sagte Ahhotep ohne Zögern und übernahm die Führung.

Langsam tasteten sie sich vorwärts und suchten sich so einen Weg durch die Stadt. Um jede Hausecke schauten sie vorsichtig herum und gingen sicher, dass die Luft rein war. Anderen Leuten begegneten sie zwar, aber von den Nubiern gab es keine Spur. Anhand von Geräuschen, die sich dem Hafen zuordnen ließen und durch Ahhoteps scharfen Orientierungssinn, wurde eine Richtung eingehalten, in die sie sich bewegten. So konnten sie sich langsam dem Hafen nähern, aber die Gefahr war noch nicht vorüber.

»Wir sollten uns wirklich nicht so viel Zeit lassen«, drängte Azibo. »Können wir uns nicht schneller laufen?«

Ahhotep ließ sich nicht beirren und spähte vorsichtig um die nächste Ecke.

»Hast gefährdet die Vorsicht«, sagte sie. »Die warten doch nur darauf, dass wir leichtfertig losrennen.«

Azibo schnaubte verächtlich, aber er hielt den Mund und folgte dem langsamen Tempo, das die Anführerin vorgab.

Tatsächlich war der beschauliche Hafen bald vor ihnen zu sehen. Sie huschten vorbei an Kisten und Tonkrügen, über den Platz und schlichen sich auf ihr Schiff, auf dem es ein erleichtertes Aufatmen gab. Nun saßen sie versteckt zusammen und mussten nur noch auf die anderen warten. Es dauerte nicht lange, dann kamen sie auch schon und in Eile wurde das Schiff losgemacht und dieser Ort verlassen.

»Das ging ja nochmal gut«, sagte Menes, der gerade zu Hamadi ging. »Aber diese Kerle wollten dir wohl wirklich Böses antun.«

»Nun ja, ich habe sie nicht zum ersten Mal gesehen«, gab er zu. »Meine Befürchtungen haben sich bewahrheitet.« Seine Stimme klang niedergeschlagen. »Scheinbar wissen die, wer ich bin und was ich für einen Auftrag habe.«

»Und deswegen sind sie hinter dir her«, fuhr Ahhotep fort, die neben ihm stand. »Um dich aufzuhalten, weil es ihnen gar nicht passt, was du tun sollst. Ihnen oder dem, für den sie arbeiten. Jedenfalls ist es nun allerhöchste Zeit, dass du erfährst, dass auch der König etwas davon geahnt hatte. Jemand könnte versuchen, die Expedition und insbesondere dich aufzuhalten, das wusste er.«

Hamadi schaute zu Boden.

»Aber nun erzähle doch, wo du sie schonmal gesehen hast.«

Langsam hob Hamadi den Kopf, schaute in Gedanken zurück und berichtete ihnen von der flüchtigen Begegnung vor zwei Tagen an der Anlegestelle.

»Das bedeutet, sie verfolgen unsere Spur«, schlussfolgerte Menes dann.

»Ja, damit müssen wir nun immer rechnen«, sagte Ahhotep. »Aber solange wir ständig wachsam sind, können wir unbeschwert unsere Reise fortsetzen. Schließlich haben wir mehrere Soldaten unter uns, deren Aufgabe die Sicherheit ist.«

Hamadi seufzte.

»Worauf ich mich da nur eingelassen habe ...«, murmelte er. »Ach, wie auch immer – ich werde tun, was ich kann, auf dieser Reise. So viel hängt davon ab. Für meine Familie bedeutet es alles.«

Noch einmal seufzte er.

»So ist es richtig, mein Freund«, sagte Sefu, der gerade von hinten herangetreten war, und klopfte ihm auf die Schulter.

Es war schon Abend geworden und sie hatten viele Meilen hinter sich gebracht, da kamen sie an kahlen Ufern vorbei, hinter denen unmittelbar die wüste Landschaft folgte. Hier stand Menes am Schiffsbug und betrachtete eindringlich diese Gegend, als suchte er etwas. Wie sich herausstellte, sollten sie irgendwo dort, wo nur Sand und Felsen zu sehen waren, den nächsten Ort zum Rasten finden. Doch zuerst mussten sie anlegen und das Schiff verlassen. Das taten sie dort, wo das Ufer wieder bewachsen war und es für die Verfolger schwieriger sein würde, ihre Spur nachzuvollziehen. So ließen sie das Schiff hinter sich und liefen durch Grasbüschel und kleine Sträucher flussaufwärts in nördliche Richtung. Bald hatten sie den kahlen, staubigen

Sandboden unter den Füßen, den sie vom Fluss aus gesehen hatten. Sie gingen noch weiter. Irgendwann fand Menes, die richtige Stelle zum Abbiegen sei gekommen, also beschrieben sie einen Winkel und entfernten sich fortan vom Fluss. Wie eine Schlange, die heimlich über den Sand kriecht, bewegten sie sich über niedrige Dünen und suchten einen Weg durch die unebene Gegend. Abgesehen von ihren Schritten war alles ruhig. Kein Vogel war zu hören, keine Brise, nichts. Niemand sprach ein Wort. Wie weit sie noch gehen würden, wusste Hamadi nicht, aber ihm war klar, dass sie eine gewisse Distanz zum Fluss haben mussten, um vor den Nubiern in Sicherheit zu sein. Ob diese wohl das Schiff finden und die Umgebung nach ihnen absuchen würden? Hamadi wollte nun wirklich nicht darüber nachdenken. Die gefährliche Begegnung heute war schon mehr als genug.

Hinter einem der vielen Hügel blieben sie letztlich stehen und schlugen dort ihr Lager auf.

KAPITEL 13

»Sieh dir das an!« Sefu stand auf der nächsten Anhöhe und schaute in Richtung Osten. Als Hamadi ihm dorthin folgte, sah er es auch. Die aufgehende Sonne ließ Wolkenfelder am Himmel orange und rötlich erglühen. Dieses farbige Leuchten begrüßte den neuen Tag.

Eine ganze Minute standen Sefu und Hamadi schweigend da und ließen das wunderschöne Bild auf sich wirken. Dann drehten sie sich um, denn der Fluss lag in der entgegengesetzten Richtung und dorthin brach die Gruppe nun auf. Je näher sie ihm kamen, desto vorsichtiger wurden sie, doch sie schienen die einzigen Menschen in dieser Gegend zu sein. Kurz vor dem Schiff allerdings mussten sie innehalten. Die Esel wurden merkbar unruhig und mussten an ihren Leinen festgehalten werden. Ihr Weg kreuzte sich mit dem eines Krokodils. Es war ein mächtiges Nilkrokodil von stolzer Größe, das sich wohl in den Strahlen der aufgehenden Sonne wärmen wollte. Die Begegnung veranlasste nun die gesamte Gruppe innezuhalten. Alle wussten von Fällen mancher Menschen, die einem solchen Tier zu nahegekommen waren und diesen Fehler mit ihrem Leben bezahlt hatten.

Bedächtig und mit respektvollem Abstand umgingen sie das Krokodil und einer der Soldaten sprach: »Gepriesen sei Sobek!«

Sobald dieses Hindernis hinter ihnen lag, konnten sie das Schiff betreten und schließlich abreisen. Sie segelten weiter südwärts und nichts deutete auf die Nubier hin, denen sie gestern noch entronnen waren. Nur verschiedene Transportschiffe und auch Fischer kamen ihnen auf dem breiten Fluss entgegen. Stets und ständig hielten sie die Augen offen. Sie entdeckten nichts, was ihre Reise hätte behindern können. Sie segelten und ruderten und segelten und ruderten bis in die Abendstunden hinein. Auch dann noch ging es weiter voran. Keine Stelle am Ufer wurde angesteuert. Die ganze Nacht verbrachten sie auf dem Fluss, machten es sich auf dem Schiff zum Schlafen gemütlich, so gut es ging. Wer Glück hatte, wurde dabei von den sanften Bewegungen auf dem Wasser in seichte Träume gewogen.

Am nächsten Morgen, nach Sonnenaufgang und einem kräftigenden Frühstück, nahmen sie wieder an Fahrt auf. Immer wieder passierten sie Dörfer – kleine Siedlungen, von denen es hier viele gab. Im Grunde ging das den ganzen Tag so.

Am Abend, als gerade wieder ein solches Dorf auftauchte, hielt das Schiff auf das Ufer zu. Es wurde zwar schon dunkel, doch noch ließ sich erkennen, dass es sich nur um ein kleines Örtchen handelte, in dem man wohl kaum auf eine Unterkunft hoffen konnte. Davon ließen sie sich aber nicht abhalten. Alle waren recht erschöpft und wollten nicht noch eine Nacht auf dem Deck verbringen, wenn es eine andere Möglichkeit gab. Sie gingen vom Schiff und schauten sich im Dorf um. Einen Moment lang standen sie einfach nur da, zwischen den Lehmhäusern und Hütten und mussten für Außenstehende wohl so aussehen, als wären sie gerade vom Himmel gefallen. Ein wenig ratlos blickten sie in der Gegend herum. Dann ging Menes zielstrebig auf eines der Häuser zu. Es hatte mehrere kleine Anbauten, und verschiedene Nutztiere hielten sich dort auf, die gerade von ihrem Besitzer in diese getrieben wurden. Eben diesen Besitzer, der wohl ein Hirte sein musste, fragte Menes nun ganz unverfroren, ob er nicht eine Möglichkeit zur Übernachtung für die Reisenden hätte.

»Uns genügt schon ein Platz neben Eurem Haus«, meinte er. »Wir brauchen nur eine Fläche, auf der wir uns für die Nacht ausbreiten können.«

Der Hirte hielt sich wortkarg und schaute Menes trübe an. Dennoch willigte er ein und erlaubte das Nachtlager auf seinem Grund und Boden, direkt neben seinem Heim. Dieses Problem war also verblüffend schnell gelöst und ebenso schnell wurde der Übernachtungsplatz hergerichtet.

Danach saßen sie alle zusammen, aßen noch etwas und ließen sich in die Dunkelheit der Nacht hüllen. Die Grillen sangen und abgesehen von wenigen leisen Gesprächen waren alle still. Hamadi genoss diese Stille. Er wusste nicht, woran es lag – vielleicht an der Nähe zu der menschlichen Siedlung –, aber er fühlte sich hier durchaus wohl und friedvoll. Dieses Dörfchen gab ihm irgendwie ein Gefühl von Sicherheit. Gedanken an die Bedrohung durch die Verfolger waren fern, in diesem Moment. Da war nur die Ruhe der Nacht. Da waren die Tiere des Hirten in ihren Ställen und Unterständen. Und die Sterne an einem Himmel, der so unbegreiflich weit wirkte. Hamadi atmete sanft und für den Moment war alles in Ordnung.

Als sie am Morgen aufbrachen, taten sie das natürlich nicht, ohne dem Hirten nochmals zu danken. Der Mann nickte, lächelte diesmal sogar ein wenig und schaute ihnen hinterher, als sie gingen.

Später, auf dem Schiff, wurde es immer wärmer und gegen Mittag konnte nur noch von einer drückenden Hitze die Rede sein. Das Rudern war ermüdend und die Fahrt schien nur zäh voranzugehen. Entsprechend betrübt war die Stimmung. Sie starrten nur so vor sich hin, auf das glitzernde Wasser und in die flimmernde Luft, und so bemerkten sie gar nicht das Boot, das sich ihnen von hinten näherte. Es war recht groß und beladen mit Kisten. Gesteuert wurde es von nur einem Mann, der im Heck stand. Seine dunkle Haut verriet, dass es sich wohl um einen Nubier handelte, allerdings machte er den Eindruck eines harmlosen Kaufmannes, der nichts weiter vorhatte, als seine Waren nach Süden zu transportieren. Er fuhr nun mit seinem großen Boot neben dem Schiff der Reisenden her. Seltsam war nun, wie nah er sich an ihrem Schiff hielt, besonders auf einem so breiten Fluss wie dem Nil. Manche von ihnen fanden das verdächtig und behielten ihn im Auge, doch sie rechneten damit, dass der Mann an ihnen vorbeiziehen würde, da er schon jetzt ein wenig schneller war. Diese Annahme war ihnen die liebste, denn im Moment dieses drückenden Mittags hatten sie sich der Gleichgültigkeit hingegeben. Ein fataler Fehler.

Mit einem Mal tauchten drei weitere Männer – ebenfalls Nubier – hinter den Kisten auf. Die Ladung des Bootes hatte sie versteckt gehalten, doch nun standen sie da, alle mit einem gespannten Bogen bewaffnet, den sie auf das Schiff richteten. Sie zögerten keine Sekunde und so ging alles ganz schnell. Drei Pfeile schossen durch die Luft, ehe die Reisenden reagieren konnten. Einer riss ein Loch in das Segel, ein weiterer donnerte in das Holz der Reling und der dritte Pfeil traf einen der Soldaten in den Rücken. Der

Arme schrie auf und Azibo, der sich dicht neben ihm befand, rief: »Alle runter!«

Sie zogen die Köpfe ein und gingen möglichst schnell zu Boden. Hamadi kauerte sich hinter die Reling des Schiffes, an der er sich gerade befand. Der Schrei des getroffenen Soldaten und der Warnruf von Azibo hallten ihm noch in den Ohren nach, denn jetzt war es still. Alles schien plötzlich in angespanntes Harren versetzt zu sein. Nur das Wasser war leise zu hören. Angstvoll schaute er zum Himmel, wo ein paar Schwalben flogen und nach Insekten jagten. Er schwitzte. Wo war nur seine Zuversicht geblieben? Sein Mut schien plötzlich grundlegend erschüttert worden zu sein. Er fühlte sich bedroht. Nicht nur in diesem Augenblick, sondern in Anbetracht der gesamten Reise. Ein Abenteuer, bei dem er nicht weniger als seinen Kopf hinhielt.

Ein ächzender Laut kam von dem getroffenen Soldaten. Azibo hielt seinen Holzschild schützend vor sich, als er sich langsam erhob, um die Situation zu prüfen.

»Die Luft ist rein«, sagte er. »Die haben sich zurückfallen lassen und steuern aufs Ufer zu.«

Alle setzten sich langsam auf, doch der Schrecken saß ihnen noch in den Knochen. Sie sahen ihre Angreifer in der Ferne verschwinden. Sogleich kümmerten sich einige um den Verletzten. Zuerst entfernten sie ihm den Pfeil. Der steckte zum Glück nicht sehr tief, doch natürlich war es trotzdem eine sehr schmerzhafte und blutige Angelegenheit. Dann versorgte Sefu die Wunde, indem er sie mit Wasser ausspülte und mit Tuch verband. Er war zwar ein Soldat, hatte aber Erfahrung und Kenntnisse in Heilkunde und Wundversorgung.

»Du wirst es überstehen«, sagte er schließlich zu seinem Kameraden und dieser nickte mit einem entschlossen tapferen Blick.

Baniti, der Schreiber, hielt es, wie alles andere auch, schriftlich fest, sobald er wieder einen klaren Kopf hatte.

Für den Rest dieses Tages war nun höchste Wachsamkeit geboten. Misstrauisch beäugten sie jedes Schiff und Boot, das irgendwo auf dem Fluss zu sehen war. Den Nubiern begegneten sie nicht noch einmal. Auch dann nicht, als es dunkel wurde. Jeweils zwei Personen hielten zusammen in der Nacht Wache und das Schiff auf Kurs, während die anderen schliefen. Doch es konnten bei Weitem nicht alle gut schlafen. Hamadi lag lange wach. Er fürchtete sich vor Booten, die langsam und heimlich auf sie zutreiben könnten. Die leisen Geräusche des Wassers, wenn es den Bug streifte, beruhigten ihn nicht, sie bewirkten eher das Gegenteil.

Aber irgendwie bekam er auch diese Nacht herum und fand noch ein bisschen Schlaf, bis es am Morgen hell wurde und eine gewisse Aufregung auf dem Schiff herrschte. Sie war aber durchaus positiver Natur, denn die Gruppe war nun kurz davor, einen großen und wichtigen Zielort zu erreichen. Die Stadt Swenu tauchte am zehnten Tag ihrer Reise vor ihnen auf.

KAPITEL 14

Die Freude, die die anderen beim Einzug in Swenu hatten, ließ Hamadi seine Sorgen vergessen. Wie sich herausstellte, hatte König Mentuhotep im Vorfeld eine extravagante Unterkunft in dieser Stadt für sie arrangiert. Hamadi staunte nicht schlecht, als die Gruppe vor einem großen Anwesen stand und Menes nach dem Hausherrn fragte. Als dieser zu ihnen heraustrat, überreichte Menes ihm ein kleines Schreiben, das er sich von Baniti geben ließ, der es in seinen Unterlagen aufbewahrt hatte. Es schien wohl eine offizielle Bestätigung für den Hausherrn zu sein, dass es sich bei dieser Menschenansammlung vor seinem Heim tatsächlich um die vom König entsandte Gruppe handelte. Jedenfalls kam dieser nun persönlich, begrüßte sie herzlich und hieß sie in seinem Prachtbau willkommen. Er hieß Kaibefer und betonte, welche Ehre es ihm war, die Leute dieser königlichen Mission unter seinem Dach beherbergen zu dürfen.

Hier wurden ihnen nun große Räume – richtig herrschaftliche Gemächer – zugeteilt, in denen sie zu viert oder zu fünft schlafen konnten. Aber natürlich war es noch früh am Tage und noch keine Schlafenszeit, weshalb sie erst einmal ihre Habseligkeiten auf die Zimmer bringen konnten und dann von einem Frühstück erwartet wurden. Es war ein großer Raum im Erdgeschoss, in dem ein langer

Holztisch stand, an dem sie alle Platz fanden. Speisen und Getränke wurden von einer Dienerin und einem Diener serviert und sie alle konnten ordentlich zulangen.

Kaibefer, der am Kopf des langen Tisches saß, hatte bereits einen Arzt bestellt, als er von dem verwundeten Soldaten gehört hatte, und nun war er daran interessiert, mehr von dem Angriff der Nubier zu erfahren und auch davon, was die Gruppe außerdem für Dinge erlebt hatte. Einiges wurde noch erzählt, bevor dann die Gesprächsthemen mehr und mehr die Stadt Swenu und die Grenze zu Nubien zum Inhalt hatten. Da wurde Hamadi bewusst, dass er nicht mehr weit davon entfernt war, das ägyptische Reich zu verlassen und ein fremdes Land zu betreten. Schließlich war Swenu die südlichste große Stadt, die es in Ägypten gab.

Stumm saß er da und hörte den Unterhaltungen zu, die noch eine ganze Weile andauerten. Den restlichen Vormittag verweilten sie gemeinsam am großen Tisch. Es gab an diesem Tag keinerlei Druck, weiterzuziehen und den Weg fortzusetzen. Ein richtiges Ausruhen war es, wie sie dort saßen, als hätten sie die Reise schon hinter sich. Gut gesättigt und frisches Wasser und sogar Wein trinkend, genossen sie die Gastfreundschaft und das Ambiente dieses luxuriösen Hauses. Als wäre alles geschafft – alle Anstrengungen bewältigt, alle Hindernisse überwunden, alle Gefahren vorüber und die Aufgabe erledigt. Dieses Gefühl genoss Hamadi, doch er wusste, dass noch nichts davon wirklich der Fall war. Höchstens eine Pause war das hier, bevor es weitergehen würde. Ein Kräftesammeln, bevor der härteste Abschnitt der Reise beginnen musste.

Dann löste sich die Gesellschaft so langsam auf. Der Hausherr Kaibefer hatte noch andere Dinge zu tun und ging daher fort. Seine Bediensteten kümmerten sich nun weiter um die Gäste, denen nun das Haus für ihre Erholung zur Verfügung stand. Viele von ihnen waren besonders von der Terrasse angetan, von der aus man in den Garten hinter dem Gebäude kam. Ein paar Palmen und duftende Sträucher zierten den hinteren Teil des Grundstückes. Weiße Mauern schirmten den Garten vom Rest der Stadt ab und Hamadi fand es hier nicht nur schön, sondern fühlte sich auch wirklich sicher. Nach dem gestrigen Angriff wollte er nun lieber nicht dort draußen herumlaufen. Die Verfolger könnten inzwischen auch irgendwo in Swenu sein und es wäre schlimm, wenn sie ihn auf der Straße sehen und erkennen würden. Nein, Hamadi blieb einfach hier. Ein paar der Männer und Frauen, die seine Reisegefährten waren, scheuten sich nicht davor, in die Stadt zu gehen. Sie blieben eine Weile weg und kamen nach und nach zurück. Am Abend waren sie alle wieder da, auch Kaibefer, und dann wurde erneut in dem großen Raum gespeist.

Goldene Sonnenstrahlen drangen durch das Fenster, als Hamadi am nächsten Morgen aufwachte. Es musste schon eine fortgeschrittene Morgenstunde sein. Bis eben hatte er ruhig und gut geschlafen. Jetzt lag er noch ein bisschen da und musste sich erst einmal vergegenwärtigen, dass er tatsächlich hier war, in diesem pompösen Anwesen. Er lauschte den Geräuschen der Stadt, die von draußen kamen, bis er nach ein paar Minuten aufstand. Heute startete er in einer Ruhe in den Tag, die ihm fast schon wie Trägheit erschien. Irgendwann ging er in den großen Raum im Erdgeschoss, wo der lange Tisch zum Frühstück gedeckt war. Hier traf er nur einige wenige der Reisegefährten an. Unter ihnen war Sefu, der ihn freundlich mit einem ›Hast du gut geschlafen, mein Freund?‹ begrüßte.

»Hervorragend«, lautete seine Antwort.

»Hier lässt es sich leben, nicht wahr?«, scherzte Sefu.

»Da sagst du was! Es ist ein schmuckes Häuschen, das muss ich sagen.«

Doch so schön es hier auch war, Hamadi musste daran denken, wie es seiner Familie zu Hause ging. Während sein Bruder in einer Zelle saß, mussten Mutter und Schwestern irgendwie klarkommen.

Betrübt schaute er vor sich hin, auch später noch, nach dem Frühstück. Da stand er auf einem Balkon des Hauses und schaute über die Stadt. Seine Familie setzte ihre Hoffnungen in ihn, das war ihm klar. Nur gut, dass sie nichts davon wussten, wie ihm der Mut vorgestern gesunken war, im Angesicht des Überfalls durch die Nubier.

Es war angenehm, hier oben zu stehen. Es gab ihm eine gewisse Erhabenheit über all das, wenn sie auch nicht von Dauer war.

Und dann sah er Ahhotep. Offenbar war sie in der Stadt gewesen und kam nun zurück. Sie lief dort unten, schaute zu ihm herauf und vielleicht konnte sie seinen bekümmerten Gesichtsausdruck sehen. Keine zwei Minuten später trat sie hinter ihm auf den Balkon.

»Morgen fahren wir weiter«, sagte sie und stellte sich neben ihn an die Brüstung. »Ich habe mich gerade um unser Boot gekümmert. Es steht für uns vier bereit.«

»Für uns vier?«

»Ja. Sefu, Azibo, du und ich. Wir reisen alleine weiter.«

»Dann trennen wir uns also hier von der Expedition«, folgerte Hamadi.

»Ja, die Expedition hat nun einen anderen Weg als wir. Sie reist von hier aus ein Stück an Land weiter in Richtung Süden bis nach Nubien. Sie haben es nicht mehr sehr weit bis zu ihrem Ziel. Wir vier werden noch solange es geht auf dem Nil fahren. Das heißt, wir passieren den ersten Katarakt, nicht weit von Swenu. Kurz vor der Grenze des ägyptischen Einflussgebietes müssen wir den Fluss verlassen – alles andere wäre zu gefährlich.«

»Und dann geht es auch für uns zu Fuß weiter?«

»Genau. Das wird schon in wenigen Tagen sein.«

Nun schaute Hamadi weiter auf die Stadt und ließ das Gehörte in seinem Kopf Gestalt annehmen. Er seufzte.

»Das wird schwierig, nicht wahr?«, fragte er.

Ahhotep schwieg und schaute ihn an, als würde sie seine Risikobereitschaft abschätzen.

Schließlich antwortete sie: »Das wird sich zeigen.«

Erneut seufzte Hamadi und lehnte sich auf die Brüstung. Mit einer Hand strich er über den fein gearbeiteten Sandstein, auf den er sich stützte.

»Du machst dir Gedanken um deine Familie, hab ich recht?«, fragte Ahhotep.

Hamadi schaute sie erstaunt an.

»Allerdings«, bestätigte er. Wie hatte sie das geahnt?

»Das kenne ich. Mir geht es oft ähnlich«, erklärte sie.

»Wirklich?« Nun war Hamadi ganz Ohr.

»Ja. Meine Familie ist zerstreut. Mein Vater ist als Schiffsmann viel auf dem Nil unterwegs. Er reist weit bis in ferne Länder, um Waren zu transportieren. Zu Hause ist er nur selten. Manchmal glaube ich, er hat gar kein richtiges Zuhause. Er ist immer an anderen Orten und wohnt sozusagen auf Schiffen.

Meine Mutter arbeitet am Königshof. Und meine Geschwister machen alle etwas anderes, was die Familienbande auch nicht gerade stärkt. Ich selbst bin natürlich Teil des Problems. Ich meine, sieh mich an, ich bin auf Reisen. Aber das ist nun mal Teil meines Berufs. Es ist meine Bestimmung. Vielleicht ist es auch das Vorbild meines Vaters, das mich in die Ferne zieht. Aber dann kommen wieder

Gedanken an meine Familie. Dann sehne ich mich nach ihr.«

Hamadi musste sich eingestehen, dass er solche Empfindungen von Ahhotep gar nicht erwartet hatte. In seinen Augen war sie eine mutige Frau, eine tapfere Persönlichkeit, die nichts so leicht erschüttern konnte.

»Das ist es auch, was mich gerade beschäftigt«, sagte er.

Ahhotep wandte sich ihm zu und umarmte ihn und als sie das tat, kamen Hamadi beinahe die Tränen. Dennoch spürte er Trost.

An diesem Abend saßen sie alle noch ein letztes Mal beisammen. Es wurde üppig gegessen und auch sonst ließen sie es sich gut gehen.

»Auf unseren König Mentuhotep II.«, sagte Menes, als sie gemeinsam anstießen. »Und natürlich auf den besten Gastgeber, den man sich für so eine Reise nur vorstellen kann«, fügte er grinsend an Kaibefer gewandt hinzu und alle lachten.

Hamadi schaute auf den gedeckten Tisch vor sich – ein Anblick, den er ab morgen nicht mehr würde genießen können.

»Tja, Hamadi«, sagte Baniti, der Schreiber, der gleich neben ihm saß, »es ist nun leider die Zeit gekommen, da wir uns voneinander verabschieden müssen. Ich bedaure das.«

»Ich auch. Es ist schade.« Nach einer Pause fügte er hinzu: »Weißt du, ich wünsche mir, dass wir uns eines Tages wiedersehen. In Theben, wenn wir beide zurückgekehrt sind.«

»Oh ja«, sagte Baniti und nickte. »Das wäre mir eine Freude.«

KAPITEL 15

Das Boot war gerade groß genug für vier Personen und ihr Gepäck. Es war früher Morgen, als Ahhotep, Sefu, Azibo und Hamadi in ihr neues Reisegefährt stiegen. Mit frisch aufgefülltem Proviant, aber leeren Mägen ging für sie die nächste Etappe der Reise los. Stumm fuhren sie davon.

Hamadi schaute sich um, denn es war ein besonderer Moment, durch die Stadt Swenu zu fahren. Hier – das wusste er genau – wurde regelmäßig die Entwicklung des Hochwassers, der Nilfluten gemessen. Eine Erhebung, die für das ganze Land von ungemeiner Bedeutung war. In guten Jahren hieß es dann ›Die Meldungen aus Swenu sind erfreulich.‹ und man wusste, dass die Felder wieder mit genügend Wasser und fruchtbarem Schlamm überflutet würden. So hatte Hamadi schon oft von dieser Stadt gehört, doch sie war ihm immer als ein ferner, irrealer Ort erschienen, den er nie zu Gesicht bekommen würde. Aber jetzt war er hier und das genoss er einfach still und ehrfürchtig.

Dann, wie ein plötzlicher Stich in der Brust, blitzte der Gedanke an die Verfolger auf. Waren sie noch hinter ihm her? Hatten sie vielleicht seine Spur verloren, als er im Haus von Kaibefer untergekommen war?

Wachsamkeit stand nun an erster Stelle. Auch, weil sie so nah am Reich Nubien waren.

»Macht euch bereit für den Katarakt«, sagte Ahhotep und zog Hamadi aus seinen Gedanken.

Eben erst hatten sie die Stadt Swenu verlassen und jetzt zeigten sich vor ihnen aus sprudelndem Wasser aufragende Steine, die nichts Gutes verheißen konnten. Den Katarakt bildeten seichte Stellen und große Felsen im Fluss. Für viele Schiffe eine kaum überwindbare Barriere, doch die Vierergruppe konnte es mit ihrem kleinen Boot schaffen.

Vor ihnen das schneller fließende Wasser, ließ sie mehr und mehr seine bremsende Kraft spüren und so mussten sie mit zunehmender Anstrengung dagegen anrudern. Langsam arbeiteten sie sich voran. Sie näherten sich den Felsen und die Fahrt wurde immer turbulenter. Angespannt saßen sie im Boot, ruderten stark gegen die Strömung an, waren bemüht, das Boot gerade zu halten. Der Fluss sprudelte und ließ das Boot wackeln, als wäre es bloß eine Walnussschale auf dem Wasser. Sie manövrierten in dieser unruhigen Situation so vorsichtig wie möglich um die großen Steine, die vor allem unterhalb der Wasseroberfläche eine ernsthafte Gefahr darstellten. Dann ein plötzlicher Stoß – nicht sehr hart, doch es war zu spüren, dass das Boot eine Steinkante gestreift hatte. Azibo beugte sich kurz entschlossen über den Rand, tauchte seinen Arm ins Wasser und stieß sie kräftig vom Felsen ab. Alles ging sehr schnell, sie waren wieder befreit, mühten sich vorwärts. Danach war das Schlimmste auch schon überstanden. Die Gegenströmung nahm ab und die meisten großen Felsen hatten sie schon hinter sich gelassen. Sicher hatte ihr Gefährt einen Kratzer davongetragen, doch es lag nun wieder sanfter im Wasser und damit milderte sich auch ihre Anspannung.

Der Katarakt hatte sie passieren lassen. Diese Gefahr war vorüber. Nun kam in Hamadis Geist wieder eine andere Gefahr auf. Etwas, das er einfach ansprechen musste.

Ihm lag die Frage auf der Zunge und dort blieb sie auch eine ganze Weile. Er wartete und wartete – worauf, wusste er nicht. Jedenfalls verging eine geraume Zeit, bis Hamadi die Stille beendete und fragte: »Was werden wir tun, wenn die Verfolger wieder auftauchen?«

Die anschließenden Sekunden, in denen wieder Schweigen herrschte, fühlten sich ungut an.

Dann erwiderte Ahhotep: »Wir setzen auf Schnelligkeit. Das Segel treibt uns voran und dann können wir ja alle immer noch rudern.«

Als wollte es Ahhoteps Aussage bekräftigen, bauschte sich das eine Segel, das das Boot besaß.

»Wir passen auf«, sagte Sefu. »Immer.«

Damit galt es, sich nun zufriedenzugeben und nach vorne zu schauen, in die Wildnis, die sie nun empfing. So kam es Hamadi jedenfalls vor. Wie ein wildes Land. Fremd und unberechenbar. Es waren nun viel weniger Menschen auf dem Nil unterwegs und die Vegetation, die den Fluss manchmal so üppig gesäumt hatte, wurde langsam immer spärlicher. Die Wüste schien sich näher an den Nil zu strecken. Was sich im gleichen Zuge gewandelt hatte, war Hamadis Sichtweise. Mehr Misstrauen erfüllte ihn. Er selbst wurde leiser, die Umgebung bedrohlicher. Und mit jedem Tag kam er dem Ort näher, an dem er einen Schatz finden musste. Der Tempel Kutakra, in dessen Schatzkammern der Mokrulus verborgen lag. Manchmal hatte Hamadi das Gefühl, dass nicht er es war, der sich dem Tempel und damit dem Mokrulus näherte, sondern dass sich der Tempel auf ihn zubewegte.

›Morgen kommt er wieder ein Stück näher‹, dachte er dann, wenn er auf einer Schilfmatte im Nachtlager lag, das sie jeden Abend meist in der aufkommenden Dunkelheit aufschlugen, nachdem sie das Boot irgendwo im Schilf versteckt hatten. Einmal hielt Hamadi ganz fest, aber dennoch behutsam, den schwarzen Beutel in seinen Händen. Er ließ ihn auf seiner Brust ruhen und wusste, dass sich in ihm der Papyrus befand, auf dem der Mokrulus abgebildet war. Dann lag er da, mit diesem Beutel, als handelte es sich dabei um eine Puppe, an die er sich kuschelte und die er sehr wertschätzte. Er glaubte, die Darstellung auf dem Papyrus in seinem Kopf exakt nachzeichnen zu können, so einprägsam war sie ihm.

Der vierte Tag, den sie auf dem kleinen Boot verbrachten, sollte auch der letzte dieser Art sein. Wie jeden Morgen fuhren sie wieder los, doch diesmal kündigte Ahhotep an, dass sie heute den Fluss verlassen würden. Schließlich waren sie nun in Nubien und konnten es nicht riskieren, den Nil weiter zu befahren.

Ein paar Stunden vergingen und ständig rechnete Hamadi damit, dass Ahhotep die Anweisung geben würde. Etwa zur Mittagszeit war es dann so weit.

»Lasst uns dort vorne anlegen«, sagte Ahhotep und deutete auf das Ufer rechts vor ihnen. Außer ein paar Grasbüscheln und kleinen, buschigen Sträuchern hatte es nur Sand und Steine und wirkte trostlos. Keine Palmen und keine dörfliche Siedlung mit einer Herberge, die ihnen hier winkte. Nur der Blick auf einen felsigen Hang, von dem aus man wohl eine Sicht auf leeres, wüstes Land erwarten konnte.

Sie hielten darauf zu, bis das Boot im seichten Wasser aufsetzte und sie es an Land ziehen konnten.

»Wo sollen wir das Boot jetzt lassen?«, fragte Azibo. »Wir können es nicht mehr gebrauchen, aber es einfach hier stehenzulassen, – ich weiß nicht.«

»Das könnte unerwünschte Aufmerksamkeit erregen, das stimmt«, beendete Sefu die Überlegung.

Ahhotep starrte nachdenklich das Boot an und schaute sich in der Gegend um.

»Wir verstecken es. So gut wie es eben geht«, sagte sie.

Es blieb ihnen keine andere Wahl und daher suchten sie einen Ort, an dem sie das Boot unauffällig zurücklassen konnten. Immerhin fanden sie eine Felsspalte, direkt am Hang, in der es sich wenigstens ein bisschen verbergen ließ. Das Segel nahmen sie herunter und auch den kleinen Mast, der es getragen hatte, bauten sie ab und legten ihn der Länge nach in den Fußraum. Noch einige Steine legten sie als Abdeckung darauf und dann mussten sie sich auf ihr Glück verlassen.

»Hoffen wir, dass es noch hier ist, wenn wir auf dem Rückweg wieder vorbeikommen«, sagte Ahhotep und seufzte.

Einen Augenblick standen sie da und sahen sich gegenseitig an.

»Nun«, sagte Hamadi. »Dann endet hier also die Reise zu Wasser.«

KAPITEL 16

Die Sonne brannte auf den staubigen Boden, als sie in Richtung Süden gingen. Den Fluss hatten sie links von sich und vor sich eine karge, sandfarbene Landschaft. Das war Nubien. Jenes Nachbarland, gegen das ihr Reich Feldzüge führte. Das bedeutete, irgendwo in dieser Richtung befanden sich jetzt ägyptische Soldaten, die sich auf einen nächsten Angriff vorbereiteten oder vielleicht sogar in diesem Moment in Kampfhandlungen verwickelt waren.

Damit hatten die viere nichts zu tun. Sie waren heimlich unterwegs. Überhaupt wäre es wohl am besten, wenn sie mit keinem Menschen mehr in Kontakt kämen.

Sie hatten nun ein weites Stück Fußmarsch vor sich. Auf dem Nil war das Vorankommen noch angenehmer gewesen. Da hatten sie nur rudern müssen und sonst wurden sie vom Wind im Segel unterstützt, der sie vorantrieb. Doch hier galt es, einen Fuß vor den anderen zu setzen, andernfalls bewegte sich gar nichts. Das forderte Ausdauer und Geduld. Ihr Gepäck mussten sie selber tragen, denn die drei Esel waren seit Swenu nicht mehr bei ihnen.

Hamadi schaute meist auf den Boden vor sich, der ihn, vom Sonnenlicht bestrahlen, blendete. Als er einmal nach oben sah, entdeckte er einen Geier am Himmel, der elegant in Kreisen flog und dabei kaum mit den Flügeln schlug.

Auch sah er, dass sich nun doch wieder mehr Bewuchs am Nil zeigte, stellenweise mit den buschigen Schöpfen von Palmen. Der Pflanzenreichtum schien in diesem Land mancherorts zu weichen, um an anderen Abschnitten des Flusses wieder dicht und üppig aufzutauchen. Es war ein grüner Streifen zur linken Seite, der sich noch weit in die Ferne zog. Und in der Ferne, genau vor ihnen, tauchte noch etwas anderes auf. Auf der kahlen Fläche war eine Formation heller Erhebungen, die anders aussahen als gewöhnliche Felsen. Das musste ein Dorf sein. Als sie näherkamen, wurde klar, es war tatsächlich ein Dorf. Wichtig war nun, mit ausreichendem Abstand daran vorbeizugehen und das taten sie auch. So würden sie es ab jetzt mit jeder Siedlung tun.

Nun wurden ihre Schatten schon bald länger und bildeten unförmige Figuren auf dem Untergrund. Sie gingen in den Abend hinein und waren erschöpft von diesem Tag. Es war kein leichtes Unterfangen, doch ihnen war die Größe ihrer Aufgabe stets bewusst.

Vor ihnen formte das Ufer eine lange Bucht mit einer Menge Schilf. Vielleicht konnten sie dahinter ihr Lager für die Nacht aufschlagen. Der hohe Schilfbewuchs würde sie gut abschirmen, sodass sie niemand vom Fluss aus entdecken könnte. Gemeinsam beschlossen sie, es so zu tun. Doch sie blieben nicht gleich stehen, sobald sie die Bucht erreicht hatten, sondern gingen den Bogen entlang, den diese beschrieb. Als sie die Mitte des Bogens erreicht hatten, hielten sie schließlich an.

»Hier sollte es gut sein«, sagte Ahhotep.

»Das denke ich auch«, stimmte Hamadi erleichtert zu und setzte sich ächzend auf den harten Boden. Er sah, wie Azibo, der noch stehen blieb, die Arme in die Seite stemmte und zum Fluss schaute. Sein Gesicht grimmig, wie meistens.

»Mich soll die Katze beißen, wenn das da kein Boot ist«, sagte er.

»Ein Boot?« Ahhotep stellte sich auf die Zehenspitzen, um über das Schilf zum Nil sehen zu können. »Oh, du hast recht.« Nach ein paar Sekunden der Stille fügte sie hinzu: »Es fährt direkt in unsere Richtung.«

»Das hat jetzt gerade noch gefehlt«, grummelte Azibo.

»Sind es …«, setzte Hamadi an.

»Es sind Nubier«, sagte Sefu, der auch in die Richtung starrte.

»Wir sollten jetzt nur noch flüstern!«, raunte Ahhotep.

Nun musste sich Hamadi auch erheben, um selbst zu schauen. Er hatte eine unschöne Vorahnung. Hinter den obersten Blättern des Schilfs sah er jetzt auch den Fluss und darauf ein Boot mit rudernden Gestalten. Tatsächlich hielten sie genau auf das Ufer zu, an dem er und die anderen standen. Doch als wäre das nicht genug, erkannte er nun auch mit erschreckender Gewissheit, wer das war. Ganz vorne im Boot saß der Anführer – der große, kräftige Kerl. Hamadis Herz setzte einen Schlag aus. Jegliche Erschöpfung war auf einmal verdrängt.

»Oh nein«, hauchte er.

»*Die* sind es«, sagte Sefu.

»Ja, ich sehe es«, stimmte Ahhotep zu.

»Wie kann das nur sein?«, flüsterte Hamadi. »Wir haben gar nicht bemerkt, dass da jemand auf dem Fluss war.«

»Aber sie haben uns bemerkt«, raunte Azibo. »Jetzt halten sie direkt auf die Bucht zu, ich glaube, es wird hier gleich ungemütlich.«

Genau das ließ auch der Blick vermuten, den Hamadi auf dem Gesicht des Anführers erkennen konnte. Wenn es auch eine gewisse Entfernung war, so sah er doch die bösen Augen, den schwarzen Bart und die zerzausten Haare, die den Kopf ungeheuerlich groß machten. Dieser Kerl war immer noch hinter ihm her. Die Nubier hatten die Verfolgung nicht aufgegeben und nun waren sie kurz davor, ihn zu schnappen, ihn zu …

»Dazu darf es nicht kommen«, sagte Ahhotep. »Wir müssen uns verstecken, also duckt euch!«

In gebeugter Haltung schlichen sie nun an der Grenze des dichten Schilfs entlang.

Es war trügerisch, da sie jetzt nicht mehr sehen konnten, wo die Verfolger waren. Doch irgendwann schlugen sie sich langsam und leise ins Schilf. Sie gingen einfach hinein, bis sie mit den Füßen im Schlamm standen und ihnen das Wasser bis an die Waden reichte. Das Dickicht aus Schilf musste sie vor allen Augen verbergen. Da hielten sie inne. Mücken schwirrten um ihre Köpfe. Jetzt konnten sie sogar hören, dass weit vor ihnen Bewegung im Schilf war. Für einen Moment konnten sie sogar Stimmen vernehmen. Etwas platschte im Wasser.

»Sie gehen vom Boot«, mutmaßte Ahhotep im Flüsterton.

Rascheln war zu hören, wieder die Stimmen und Schritte im Wasser. So verging eine ganze Weile, in der die vier starr an Ort und Stelle verharrten und keinen Laut von sich gaben. Sie lauschten gebannt den Bewegungen der Feinde.

»Die suchen nach uns«, hauchte Azibo.

Hamadi schluckte. Ihm war, als kämen sie langsam näher. Er starrte in das Schilf vor sich. Außer grünen und braunen Stängeln war nichts zu sehen. Dann bewegte sich auf einmal weit vorne eine sehr hohe Schilfspitze, wie ein Fähnchen, das angestoßen wurde. Dort war also gerade jemand. Wie lange waren sie hier noch sicher? Inzwischen hatte schon die Abenddämmerung eingesetzt. Das Wasser kühlte ihm die Waden aus. Die watenden Schritte, die sich einen Weg durch das Dickicht suchten, kamen langsam näher. Doch nicht nur das. Da waren auch Schritte auf trockenem Boden. Links von ihnen musste gerade jemand außerhalb des Wassers die Bucht umrunden. Saßen sie nun in der Falle?

Plötzlich war da ein Rascheln rechts vor ihnen, sehr nah und es klang, als würde sich etwas sehr Großes bewegen. Dann ein grunzender Laut und ein stoßartiges Brüllen. Hamadi wusste nur noch, dass Ahhotep ihn am Arm fasste, die Verfolger riefen laut, während Wasser aufgepeitscht und Schilf gebrochen wurde. Es war der Moment, in dem die vier die Flucht ergriffen. Es gab kein Zögern, nur den Augenblick, in dem sich die ganze Situation drastisch änderte. Aufgeschreckt kämpften sie sich so schnell es ging durch das Schilf, während hinter ihnen scheinbar eine ganze Horde Ungeheuer losstürmte, deren grunzendes Brüllen erklang, gefolgt vom Schreien und Fluchen der Nubier. Es musste eine Herde Nilpferde sein. In Ägypten kannte jeder die Laute dieser Tiere. Und so wusste auch jeder, wie aggressiv und gefährlich sie werden konnten. Doch in dieser Lage verhalf der Angriff der Tiere Hamadi, Ahhotep, Sefu und Azibo zur Flucht. Sie stürzten aus dem Schilf heraus und bekamen wieder festen Grund unter die Füße, auf dem sie nun rannten, ohne auch nur einmal zurückzusehen.

Ihre Geschwindigkeit ließ nach, bis sie schließlich anhielten. Keuchend sahen sie sich um. Inzwischen standen sie in der Wüste in sicherer Entfernung vom Nil und sie sahen weit und breit keinen Menschen. Sie waren den Verfolgern also entkommen.

»Sobek weiß, wie es den Nubiern beim Angriff der Nilpferde ergangen ist«, sagte Sefu.

»Die sind wir jedenfalls erst mal los«, sagte Azibo.

Nun war es schon fast dunkel und nach all den Strapazen hatten sie sich die Rast sehr wohl verdient. Noch einmal an diesem Tag setzte sich Hamadi ächzend auf den Boden. Diesmal würde es hoffentlich keine böse Überraschung mehr geben. Um hier wirklich sicher schlafen zu können, musste jemand aufbleiben und das Nachtlager bewachen. Diese Aufgabe übernahmen die zwei Soldaten. Azibo übernahm die erste Wachschicht, gefolgt von Sefu.

KAPITEL 17

Am darauffolgenden Tag standen sie erst auf, als die Sonne schon recht hoch am Himmel stand und kräftig wärmte. Sie nahmen etwas zu sich und gingen dann los. Ab jetzt mieden sie die Nähe zum Nil. Nur links von sich sahen sie in der Ferne den grünen Saum des Flusses, manchmal das Wasser selbst und manchmal gar nichts von beidem. Nun waren sie wirklich in der Wüste. Hier hatten sie meist einen guten Rundumblick und das nutzten sie auch. Immer wieder drehten sie sich um, denn sie wussten nicht, wo die Gruppe der Nubier jetzt war. Sehen konnten sie sie nirgends, doch irgendwie fühlten sie sich trotzdem verfolgt. Später, als der Abend kam, nahm dieses Gefühl nur noch zu. Mit der eintretenden Dunkelheit schien die Gefahr, angegriffen zu werden, nur zu steigen. Besonders Hamadi sah sich wachsam um und lauschte immer bekümmerter in die Stille der Wüste. Das machte ihn nur nervöser und er fing an, sich Geräusche einzubilden. Rieselte da etwa Sand einen Hang herunter oder waren da nicht gerade Schritte hinter ihnen? Doch sobald er sich umdrehte, war da nichts weiter zu sehen als die karge Landschaft, die zusehends in Finsternis gehüllt wurde.

Anzuhalten kam noch nicht infrage. Der Grund dafür war, dass sie heute erst spät aufgebrochen waren. Doch möglicherweise war es auch ihre Beklommenheit, die sie weiter vorantrieb. Wie Schafe, die wissen, dass das Wolfsrudel hinter ihnen her ist, aber die dennoch hoffen, bald ihren sicheren Stall zu finden. Doch für die vier gab es nichts dergleichen, sondern nur die zunehmende Erschöpfung, die sie schließlich doch anhalten ließ. Es war Nacht und wo sie sich gerade befanden, schlugen sie einfach ihr Lager auf, aßen noch etwas und legten sich dann schlafen. Hamadi lag da, lauschte in die nächtliche Geräuschlosigkeit hinein und wagte es kaum, sich zu rühren. Er wollte lieber wie ein Stein, ein unbemerkter Teil der Gegend sein. Mit diesem seltsamen Gedanken und trotz der inneren Unruhe schlief er irgendwann ein.

In den kommenden Tagen ließen ihre Befürchtungen, verfolgt zu werden, etwas nach. Sie begegneten keinen Nubiern und auch sonst niemandem. Ihr Weg führte sie immer weiter in Richtung Süden. Den Nil hatten sie immer links von sich und hin und wieder sahen sie ein nubisches Dorf, das nicht selten die Anwesenheit ägyptischer Soldaten erkennen ließ. Wenn auch nur von weitem, entdeckten sie ägyptische Streitwagen und militärische Zelte, die am Rande mancher Dörfer aufgestellt waren. Auch Pferde und Menschen sahen sie manchmal dort.

So vergingen weitere Tage. Dann fingen sie damit an, zur Mittagszeit und in den folgenden Stunden eine lange Pause zu machen, denn die Hitze war in diesem Zeitraum am stärksten. Zum Ausgleich liefen sie jeden Tag in den kühlen Morgenstunden schon besonders früh los. An manchen Tagen nutzten sie die Dunkelheit aus und gingen, wenn es gerade erst dämmerte, vorsichtig in ein Dorf. Dort suchten sie dann einen Brunnen, an dem sie ihre Wasservorräte auffüllen konnten und sobald das erledigt war, machten sie sich davon.

So weit verlief alles recht reibungslos und natürlich kam Hamadi nicht umhin, zu fragen, wie weit der Weg bis zum Tempel noch war.

Darauf antwortete Ahhotep: »Wir haben noch mehrere Tagesmärsche vor uns. Wie viele es sind, kann ich nicht genau sagen. Wir haben schon einiges von unserem Fußweg geschafft, aber wir haben auch noch einiges vor uns. Geduld, Geduld.«

Hamadi nickte.

»Aber wir können uns schon darauf verlassen, dass du weißt, wo der Tempel ist, nicht wahr?«, fragte Sefu und es war das erste Mal, dass er Ahhotep gegenüber leicht skeptisch war.

»Keine Sorge, ich weiß es«, erwiderte diese. »Wir laufen weiter nach Süden und werden dann an einer bestimmten Stelle den Nil plötzlich direkt vor uns haben. Das liegt daran, weil er dort eine starke Biegung nach Westen macht. An dieser Stelle gibt es ein kleines Dorf und dort werden wir den Nil überqueren. Auf der anderen Seite liegt der Tempel.«

»Moment mal …«, sagte Hamadi.

»Wir müssen den Fluss überqueren?«, stutzte Sefu.

»Warum sind wir nicht gleich auf der anderen Seite an Land gegangen?«, fragte Azibo etwas verärgert.

»Lasst es mich erklären«, fing Ahhotep an und machte beschwichtigende Handbewegungen. »Es ist richtig, dass wir uns auf der westlichen Seite des Nils befinden, obwohl der Tempel auf der östlichen Seite liegt. Wenn wir gleich zur östlichen Seite gefahren wären, um dort den Fußweg zurückzulegen, dann hätten wir es nur mit schwierigem Gelände zu tun gehabt. Es ist viel steiniger und uneben auf der anderen Seite. Seht doch nur!« Sie zeigte nach Osten, wo man in der Ferne den Nil und dahinter dunkle Berge sehen konnte, die sich mit rauen und schroffen Felsen aus dem Sand erhoben. »Da drüben wären wir nicht halb so schnell vorangekommen. Außerdem wäre es anstrengender und gefährlicher gewesen.«

»Hm, stimmt«, sagte Sefu. Auch Hamadi erkannte, dass es richtig so war und er konnte Ahhotep dafür nur bewundern. Er wusste, auf diese Frau konnte er sich immer verlassen. Sie war auf dieser Reise stets an seiner Seite, kannte sich aus und ging furchtlos voran. Hamadi empfand Dankbarkeit dafür, dass sie da war und diese Unternehmung anführte.

»Wie gesagt«, fuhr Ahhotep fort, »es wird die Stelle kommen, wo der Fluss eine starke Biegung macht und unseren Weg kreuzt. Dort werden wir ihn überqueren und auf der anderen Seite brauchen wir dann noch höchstens einen Tag, bis wir den Tempel erreichen.«

KAPITEL 18

Hamadi genoss, wie ihm das frische Wasser kühl die Kehle hinunterrann. Während des Gehens trank er davon. Auch die Luft war noch kühl und als eine leichte Brise aufkam, fröstelte es ihn beinahe ein wenig. Jetzt nahm das trübe Licht am östlichen Horizont langsam zu und kündigte den baldigen Sonnenaufgang an. Vereinzelte Stimmen der ersten Vögel erklangen schon aus der Richtung des Nils. Sand und Kies knirschten unter den Füßen der vier Wanderer. Hinter ihnen blökte ein Schaf, das irgendwo mit seiner Herde am Rande des Dorfes stand. Dieses Dorf hatten sie eben erst aufgesucht, um ihr Wasser an einem Brunnen aufzufüllen. Hamadi nahm noch einen Schluck davon und es tat gut. Auch ein wenig Holz hatten sie von dort mitgehen lassen, mit dem sie an diesem Abend ein Feuer würden machen können. Es waren nur kleine Hölzer, die sie leicht in ihrem Reisegepäck tragen konnten, ohne sich allzu sehr zusätzlich zu belasten.

Die zunehmende Helligkeit zeigte langsam mehr und mehr die Wüste – jene Landschaft, die sie nun schon seit vielen Tagen durchstreiften und deren einfarbiges Bild sich kaum veränderte. Ein ewiges Marschieren war es, was sie hier abhielten. Manchmal fing Hamadi an, die Schritte zu zählen, bis es ihm keinen Spaß mehr machte. Doch erfreulicherweise gab es keine Begegnung mehr mit den Verfolgern. Wo sie wohl stecken mochten? Ihr Anführer, dieser unheimliche Hüne, musste wohl sehr erzürnt darüber sein, dass er und seine Leute die Spur verloren hatten.

Inzwischen war es schon seit über einer Stunde hell, da hörten sie ein seltsames, fernes Poltern. Sie drehten sich um, denn von hinten kam das immer mächtiger klingende Geräusch. Staub wurde in der Ferne aufgewirbelt und mit Erschrecken sahen sie, wovon. Mehrere Streitwagen, von Pferden gezogen, brausten direkt auf sie zu! Bei der Geschwindigkeit hatte es nun kaum noch Zweck, sich zu verstecken, die Krieger mussten sie schon entdeckt haben. Sefu und Azibo griffen zu ihren Schilden und hielten sie schützend vor sich, während Ahhotep und Hamadi hinter ihnen Schutz suchten. Wenn das nun ein Angriff war, hätten sie kaum eine Chance, denn es waren drei Streitwagen und was könnten sie dagegen schon ausrichten? Alles ging recht schnell. Im nächsten Augenblick erkannten sie, dass es ägyptische Soldaten waren, die auf den Wagen standen. Vielleicht sahen sie, dass es sich bei den vieren auch um Ägypter handelte, und das könnte sie daran hindern, diese gnadenlos niederzuschmettern. Und tatsächlich: Sie fuhren in einem Bogen an ihnen vorbei und bremsten, bis sie schließlich zum Stehen kamen. Sofort sprangen mehrere der Soldaten von den Wagen und kamen auf die Reisenden zu, die vor Schreck noch leicht zitterten.

»Na, wen haben wir denn da?«, rief eine Stimme. Sie kam von einem Mann, der wohl ein Hauptmann sein musste, was sich an seiner Kleidung erkennen ließ. »Zwei ägyptische Soldaten in Begleitung von einer Frau und einem Burschen. Was habt ihr vor, wo wollt ihr hin?«

»Wir haben unseren Auftrag«, sagte Ahhotep und versuchte, ihre Stimme ruhig klingen zu lassen, »und wären Euch sehr verbunden, wenn Ihr uns weiterziehen lasst. Sicher habt Ihr ohnehin Wichtigeres zu tun.«

»Einen Auftrag?« Der Hauptmann runzelte die Stirn. »In diesen Tagen und in diesem Gebiet ist es der Auftrag ägyptischer Soldaten, für unser Land zu kämpfen und nicht einfach in der Wüste herumzulaufen.«

»Mein Herr, es stimmt«, schaltete sich Sefu ein. »Wir haben einen Sonderauftrag und Ihr könnt versichert sein, dass es alles seine Richtigkeit hat.«

»So ist es!«, stimmte Azibo zu.

Hamadi beobachtete die Soldaten, die ihnen gegenüberstanden. Mit dem Hauptmann waren es insgesamt sieben. Ihnen jetzt den besagten Auftrag zu erklären, wäre völlig undenkbar. Niemand durfte davon erfahren. Nicht einmal Kaibefer, bei dem sie in Swenu untergekommen waren, hatte davon gewusst. Er dachte, dass er nur die Goldexpedition in seinem Haus bewirtete, doch von Hamadis spezieller Aufgabe hatte er keine Ahnung.

Das war noch eine andere Zeit, dachte Hamadi und er erinnerte sich an die Annehmlichkeiten, die es in Swenu gegeben hatte. Aber hier und jetzt standen er und die anderen der unmittelbaren Gefahr gegenüber, nicht mehr weitergehen zu können. Wenn diese Soldaten sie hier festhielten, dann wäre es aus. Dann könnte er den Auftrag des Königs Mentuhotep nicht erfüllen und seine Familie wäre verloren. Was würde er dann nur tun?

Der strenge Blick des Hauptmannes drückte aus, wie misstrauisch er dieser Sache gegenüber war.

»Mir ist nichts dergleichen bekannt«, sagte er und verschränkte die Arme vor der Brust. »Wie lautet denn euer Auftrag?«

»Die Aufgabe, mit der wir betraut wurden«, sagte Ahhotep, »ist nicht militärischer Natur, daher ist es nicht verwunderlich, dass ihr nicht darüber informiert seid. Ihr braucht nur so viel zu wissen, dass wir weitergehen müssen. Es ist wichtig.«

»Diese Erklärung ist mir zu undeutlich«, erwiderte er kopfschüttelnd. »Könnt ihr mir nicht beweisen, dass es stimmt, was ihr sagt? Ohne das überprüft zu haben, kann ich euch nicht gehen lassen.«

»Aber was stört es Euch, wenn wir unseres Weges gehen?«, sagte nun wieder Sefu. »Wir werden den ägyptischen Streitkräften nirgendwo in die Quere kommen.«

»Ich sehe hier zwei Soldaten vor mir, die nicht in den Reihen unseres Heeres dienen«, gab er barsch zurück, »und das stört mich durchaus, Herr Soldat!«

Auf einmal meldete sich Hamadi zu Wort. »Seht nur dahinten!«, sagte er und zeigte auf einen Punkt in der Ferne.

»Sieht aus, als bekämen wir Besuch«, sagte Azibo, denn er sah es auch.

Der Hauptmann hingegen hielt die viere unbeirrt weiterhin im Auge und dachte gar nicht daran, sich umzudrehen. Wahrscheinlich glaubte er ihnen nicht und hielt das für einen Trick zur Ablenkung. Doch weiter hinten in der Wüste tauchten tatsächlich Menschen auf. Viele Menschen.

»Sie haben recht«, sagte einer der Soldaten, der sich gerade neugierig umgedreht hatte. »Nubier!«

Das konnte der Hauptmann nicht mehr ignorieren und so drehte er sich also doch um. Eine große Menschenmenge – augenscheinlich Nubier – marschierte, und zwar auf sie zu. Vierzig, vielleicht fünfzig Krieger mussten das sein! Und sicher hatten sie die Menschen und die Streitwagen, die hier standen, schon gesehen. Ungeduldig schauten die Soldaten ihren Hauptmann an und erwarteten seine Anweisungen.

»Sie nähern sich schnell«, bemerkte einer von ihnen.

»Das sehe ich auch!«, erwiderte der Hauptmann grob. »Wir ziehen uns zurück. Und was euch betrifft«, sagte er an die Reisenden gewandt, »wenn ihr unbedingt weitergehen wollt, dann geht doch und seht zu, wie ihr mit den Nubiern fertig werdet. Los jetzt! Alle Mann auf die Wagen und dann nichts wie weg!«

Schnell stiegen die Soldaten und ihr Hauptmann auf die Streitwagen und trieben die Pferde an. Sie brausten eilends davon, in die Richtung, aus der sie gekommen waren, und da standen nun Ahhotep, Hamadi, Sefu und Azibo und sahen die nubischen Krieger, die sich zügig näherten. Aggressive Rufe kamen aus ihrer Richtung, als sie sahen, wie die Streitwagen wegfuhren.

»Wir müssen auch von hier verschwinden, und zwar sofort!«, sagte Ahhotep und drehte sich nach einem Fluchtweg suchend umher.

»Dort hoch!«, sagte Sefu und deutete auf die Anhöhe, die rechts von ihnen lag. »Schnell!«

Sie rannten los. Es handelte sich dabei um einen langgezogenen Hügel, zu dem sie vorhin noch parallel gegangen waren. Nun rannten sie auf seinen Fuß zu und allein das war schon ein Stück. Als sie ihn erreicht hatten, hasteten sie den Hang nach oben. Der Sand unter ihren Füßen ließ sie einsinken und das Vorankommen war beschwerlich. Wieder hörten sie erboste Rufe hinter sich, die von den Nubiern stammten. Keuchend und schwitzend kämpften sie sich weiter den Hang hinauf und spürten dabei die Blicke der Feinde im Rücken. Schließlich kamen sie oben an und hielten inne, um zu verschnaufen und zurück ins Tal zu blicken. Dabei kauerten sie sich hin, um für die Feinde nicht mehr länger sichtbar zu sein. Eine Minute verging. Die nubischen Krieger verfolgten sie nicht, sondern gingen in die Richtung, in die die ägyptischen Streitwagen gefahren waren. Ein Glück!

»Gehen wir weiter«, sagte Ahhotep. Also liefen sie auf der Anhöhe entlang, weiter nach Süden. Wieder einmal konnten sie den Göttern nur danken für den Ausgang dieser heiklen Situationen. Sie waren nicht länger von den ägyptischen Soldaten aufgehalten worden und waren auch den Nubiern entkommen.

Am Abend suchten sie sich einen Lagerplatz, der ihnen gefiel. Dann nahm Sefu aus dem Gepäck einen Feuerstein und ein Schlageisen, legte Zunder zurecht und machte sich ans Werk, ein kleines Feuer zu machen.

KAPITEL 19

Hamadi sehnte sich schon bald das Ende herbei. Das Ende dieses nicht aufhörenden Gehens im fremden Wüstenland und das Ende des Schmerzes in den Füßen. Doch es half nichts. Er musste durchhalten und sich daran erinnern, warum er das eigentlich alles machte. Der Gedanke an seinen Bruder, der in Gefangenschaft saß, und an seine Mutter und die Schwestern, die alleine zurechtkommen mussten, gab ihm Kraft für seine Aufgabe. Dann waren da noch die Unterhaltungen mit Sefu, die ihn oft aufheiterten. Sefu war zwar ein Soldat und hart im Nehmen, dennoch verstanden er und Hamadi sich gut. Ahhotep konnte er nur bestaunen. Sie verbreitete den Eindruck, als könnte sie das noch Wochen und Monate so weitermachen. Nie beschwerte sie sich, immer hatte sie ihre Pflicht vor Augen und wusste, dass sie dem Ziel näherkam.

Und so kam es, dass sie am 31. Tag der Reise die Biegung des Nils erreichten, die Ahhotep angekündigt hatte. Der Fluss lag quer vor ihnen, als wollte er den Weg versperren. Auch das besagte Dorf tauchte links von ihnen auf. Wie die meisten Dörfer lag es in unmittelbarer Nähe zum Fluss. Sie gingen darauf zu, aber hielten dann in respektvollem Abstand an, um hinter einem kleinen, felsigen Hügel ein

Versteck zu beziehen. Das Dorf hatten sie von hier aus gut im Blick.

»Wenn ihr irgendwo ein Boot entdeckt«, sagte Ahhotep, »dann sagt es! Falls wir keines finden, müssen wir uns eine andere Möglichkeit überlegen, den Fluss zu überqueren.«

Doch während sie beobachteten, sahen sie auch Boote, die auf dem Nil fuhren und zum Dorf gehören mussten. So weit, so gut. Nun hieß es abwarten, denn erst im Schutz der Dunkelheit konnten sie die Überfahrt wagen. So schauten sie, wie sich die Sonne zum Horizont neigte, und nach wenigen Stunden war die Zeit gekommen. Die Bewegung im Dorf hatte sich auf ein Minimum verringert, die Grillen zirpten und die nächtliche Finsternis reichte bereits aus, um nicht gesehen zu werden. Sie kamen aus ihrem Versteck hervor und näherten sich dem Dorf. Genauer gesagt, gingen sie gleich auf die Stelle zu, wo das Dorf auf den Fluss traf und wo daher auch Boote sein mussten. Ganz vorsichtig traten sie auf, um so leise wie möglich zu sein. Angespannt schlichen sie am ersten Haus vorbei. Sie sahen – soweit es in der Dunkelheit möglich war – das Ufer, das von einem dünnen Streifen Gebüsch und Bäumen gesäumt war. Außerdem zeichneten sich mehrere Boote ab.

»Wir nehmen das vorderste Boot«, flüsterte Ahhotep.

Plötzlich bellte in der Nähe ein Hund. Er musste wohl irgendwo bei einem der nächsten Häuser angebunden sein und die Fremdlinge gewittert haben. Diese ließen sich jedoch nicht davon beirren und gingen zügig weiter. Was blieb ihnen auch anderes übrig? Gemeinsam griffen sie das auserwählte Boot, zogen es wenige Meter und vergewisserten sich mit einem Griff in den Innenraum, dass auch Ruder darin lagen. Jetzt traten ihre Füße schon ins Wasser und sie zogen noch ein Stück weiter.

»Los jetzt!«, raunte Azibo und sie alle schwangen sich mehr oder weniger leise in das Boot, während er noch am hinteren Ende stehen blieb, um dem Gefährt einen kräftigen Stoß zu geben und zuletzt aufzuspringen. Das alles hatte natürlich Geräusche verursacht und der Hund bellte wieder, doch jetzt wurde nach den zwei Rudern gegriffen und nur noch in die Richtung des anderen Ufers gesteuert.

Plötzlich rief jemand hinter ihnen. Eine männliche Stimme, die nicht sehr erfreut klang. Hamadi, der eben noch gerudert hatte, hielt inne und schaute erschrocken zurück in die Dunkelheit.

»Gib mir das!«, sagte Azibo und riss ihm das Ruder aus den Händen. Kraftvoll ruderte er drauflos und Sefu, der das andere Ruder hielt, tat das Gleiche. Hamadi blieb nichts anderes, als das Ufer zu beobachten, wo nun die erste Fackel auftauchte, und es sollte nicht die einzige bleiben. Ihr Bootsdiebstahl war aufgeflogen, daran bestand kein Zweifel. Sie hörten lautes Rufen hinter sich. Mehrere Dorfbewohner schienen sich dort zu versammeln. Sefu und Azibo ruderten angestrengt, und zwar nicht nur in die Richtung des anderen Ufers, sondern gleichzeitig noch gegen die Strömung des Flusses, die das Boot forttreiben wollte. Inzwischen setzten die Nubier, die aus dem Dorf gekommen waren, ein anderes Boot ins Wasser, um die Verfolgung aufzunehmen. Gleich darauf noch eines und so waren es nun zwei Boote mit wütenden Leuten, die Fackeln trugen und den Dieben nachstellten. Diese hatten schon einen beträchtlichen Vorsprung, aber wenn sie den nicht beibehielten, saßen sie in der Falle. In finsterer Nacht auf dem Fluss in einem Boot sitzend und von bösartigen Dorfbewohnern verfolgt – das war keineswegs eine wünschenswerte Lage.

Vor Angst zitternd behielt Hamadi die Nubier im Auge und hoffte inständig, dass sie nicht mit Pfeil und Bogen ausgestattet waren. Nun wünschte er sich nichts mehr, als dass die anderen und er schon längst auf der gegenüberliegenden Seite des Nils angekommen wären, doch bis dahin war es noch ein gutes Stück. Sie befanden sich wohl etwa in der Mitte des Flusses und die zwei Boote hinter ihnen ließen nicht locker.

»Weiter so! Dann schaffen wir es«, ermutigte Ahhotep die zwei Ruderer und ihre Stimme verriet deutlich Furcht. Angespannt umklammerte sie mit ihren Händen die Reling des Bootes, schaute immer wieder abwechselnd nach vorne und nach hinten. Aufgebrachtes Gerede drang an ihre Ohren, das dauerhaft die Präsenz der Nachsteller deutlich machte.

Minuten der Nervosität vergingen und das rettende Ufer wollte sich nur langsam nähern. Zug um Zug kämpften sie sich mühsam voran. Sefu und Azibo keuchten heftig, was erahnen ließ, wie enorm sie sich anstrengten, um die Geschwindigkeit beizubehalten und nicht zu stark von der Strömung abgetrieben zu werden. Schließlich schafften sie es, das andere Ufer wohlbehalten zu erreichen. Auch die zwei Boote hinter ihnen würden in keiner Minute da sein. Eilig sprangen sie aus dem Boot, das sie einfach an Ort und Stelle im Wasser treiben ließen, sodass sich die nubischen Dorfbewohner es wieder zurückholen konnten. Mit nassen Füßen rannten sie aus dem flachen Wasser und einen seichten Hang hinauf.

»Wir haben es geschafft!«, rief Hamadi aus.

»Horus sei Dank!«, sagte Sefu.

»Los! Weg von hier!«, rief Ahhotep und warf noch einen letzten Blick über die Schulter, bei dem sie das Leuchten der Fackeln sah.

Sie rannten noch ein gutes Stück weiter, entfernten sich vom Nil, bis sie wieder einmal nur noch Wüste um sich hatten. Dann blieben sie stehen und verschnauften. Stille umgab sie und sie konnten sich sicher sein, dass niemand mehr hinter ihnen her war. Also suchten sie nach einem geeigneten Platz zum Schlafen. Schließlich fanden sie eine geschützte Stelle hinter einem Felsen, wo sie ihr Nachtlager aufschlugen.

TEIL III

Der Mokrulus

KAPITEL 20

Die Nacht war kühl und klar. Hamadi war aufgeregt und hatte Schwierigkeiten einzuschlafen. Sicher, die Verfolgungsjagd auf dem Nil hatten sie überstanden und alles war noch gut gegangen. Aber nun lag er hier, tief im Lande Nubien und der Tempel, das Ziel der Reise, war greifbar nah. Ihn zu betreten und den Schatz darin zu finden, würde sicher die nächste große Herausforderung sein und das versetzte Hamadi in Aufregung. Und so lag er da und fragte sich, wie viele Nächte er schon unter freiem Himmel geschlafen hatte und wie viele Nächte er das wohl noch machen würde.

Der nächste Morgen kam und die vier setzten sich um ihre restlichen Vorräte. Sie stärkten sich für diesen bedeutsamen Tag und Ahhotep schaute Hamadi an. Sie lächelte, als sich ihre Augen trafen. Etwas verlegen schaute Hamadi zur Seite.

»Wir werden heute den Tempel erreichen«, sagte er dann, »ist es nicht so?«

»Das werden wir«, sagte Ahhotep langsam und nickte.

»Es macht mich recht nervös«, sagte Hamadi. »Ich weiß nicht, wie es euch geht ...«

Kurz herrschte Schweigen.

»Ich weiß jedenfalls, dass du mutig bist«, sagte Ahhotep ihm. »Denn Mut bedeutet nicht die Abwesenheit von Angst. Mut ist es, wenn wir mit der Angst weitergehen.«

Nun schaute Hamadi ihr in die Augen und ein sanftes Lächeln zierte seine Lippen.

»Seit ich dich im Königspalast in Theben kennengelernt habe«, sagte Ahhotep, »hast du dich verändert.«

Sefu konnte nur zustimmen. Er nickte und lächelte. Azibo schaute in die Ferne und schien in Gedanken versunken.

»Nie in meinem Leben«, sagte Hamadi, »hätte ich gedacht, dass ich so etwas einmal machen würde. Aber jetzt bin ich hier … und ich bin sehr froh, dass ihr bei mir seid.«

»Ja, wir sind gemeinsam hier«, sagte Sefu, »und gemeinsam werden wir auch wieder zurückkehren. Wir werden das schaffen!«

Ahhotep und Hamadi waren der gleichen Ansicht, das war ihnen anzusehen.

»Nicht wahr, Azibo?«, fragte Sefu an den Soldaten gewandt, der noch immer unbeteiligt irgendwohin starrte. »Wie siehst du das?«

Azibo atmete erstmal tief durch die Nase und erwiderte dann: »Nun, wenn wir bald losgehen, dann können wir das durchaus schaffen, ja. Ich denke, es ist an der Zeit.«

»Ja«, stimmte Ahhotep zu, »lasst uns aufbrechen!«

Sie packten alles zusammen und gingen los. Anders als sonst hatten sie nun die aufgehende Sonne vor sich am Horizont, als wollte sie ihnen wie ein gewaltiges Leuchtfeuer den Weg zu ihrem Ziel zeigen. Ab und zu tauchte hinter Hügeln der Nil auf. Auch hier war er wieder zu ihrer Linken. Schließlich sahen sie in der Ferne die Stelle, wo der Fluss eine Biegung machte. Es war zwar weit weg, doch es ließ sich erkennen, dass sich dort eine Stadt befand.

Höchstens eine kleine Stadt war das, doch immerhin größer als die meisten der nubischen Dörfer, die sie bisher gesehen hatten.

»Das ist die Stadt Firka«, erklärte Ahhotep. »Sie ist für uns nicht unwichtig, denn sie liegt nicht weit vom Tempel, zu dem wir uns auf dem Weg befinden. Wenn wir den Rückweg antreten, werden wir dort hingehen und uns ein Boot suchen müssen, um wieder den Nil überfahren zu können. Doch erst einmal müssen wir natürlich in den Tempel gelangen und das dürfte nicht so leicht werden. Meines Wissens gibt es Wachen, die dauerhaft den Eingang bewachen. An ihnen müssen wir vorbeikommen. Es sind nur wenige, aber sie können Alarm schlagen und wenn sie das tun, kommt Verstärkung aus Firka.«

»Dann müssen wir sie überrumpeln, bevor sie das tun können«, meinte Azibo. »Wenn wir nur schnell genug zuschlagen ...«

»Das werden wir nicht versuchen«, entgegnete Ahhotep entschlossen. »Es ist zu riskant. Ich glaube nicht, dass man sich einfach an sie heranschleichen kann. Und überhaupt wollen wir kein Blut vergießen, sondern alles still und heimlich verrichten.«

»Wahrscheinlich gibt es eine Wachablösung«, sagte Sefu. »Auch deshalb wäre es zwecklos, dort jemanden unschädlich zu machen, denn die neuen Wachen müssten dann sofort bemerken, dass etwas nicht stimmt und Alarm schlagen.«

»So ist es«, bestätigte Ahhotep.

Weitere Überlegungen zur Vorgehensweise galt es erst vor Ort anzustellen. Außerdem war es nun wichtig, nicht gesehen zu werden, denn eine Gruppe, die in Richtung des Tempels unterwegs war, musste in jedem Fall verdächtig sein. Daher passten sie gut auf, um sicherzugehen, dass niemand in der Gegend war.

Das Gelände stieg langsam ein bisschen an. Die Stadt Firka ließ sich noch in weiter Ferne erahnen. Vor ihnen lag eine Anhöhe. Dahinter musste es bergab gehen und was dort lag, würden sie gleich zu Gesicht bekommen. Ahhotep gab ihnen ein Zeichen, nun unbedingt leise zu sein und so schlichen sie mit Vorsicht auf die Anhöhe zu. Zuletzt gingen sie ganz geduckt und sobald sie oben ankamen, kauerten sie sich auf den Boden. Jetzt sahen sie endlich das Tal dahinter, doch es glich eher einer Schlucht, denn es handelte sich um zwei steile Abhänge, die v-förmig unten auf einen breiten Weg mündeten. Rechts von ihnen traf der Weg in einiger Entfernung auf die offene Wüste, nämlich dort, wo die zwei angrenzenden Hänge nur noch so hoch waren wie aufgeschüttete Sandhügel und schließlich ganz endeten. Links von ihnen wurde der Weg immer schmaler und schmaler und traf am Ende auf eine Felswand, in der ein rechteckiges Loch einen dunklen Eingang bildete. Das musste er sein: der Eingang zum Tempel!

Etwa zwanzig Meter vor diesem Eingang gab es eine Stelle, an der links und rechts vom Weg zwei Felsen halb aus dem Hang ragten. Somit bildeten sie nur einen schmalen Durchgang dazwischen. An dieser Stelle waren drei Nubier zu sehen. Sie saßen auf diesen zwei Felsen links und rechts des Weges und sie waren alle drei bewaffnet.

KAPITEL 21

Der Nachmittag senkte sich nun langsam. So unscheinbar und doch so bedrohlich, lag da der düstere Eingang in der Felswand, durch den Hamadi würde schreiten müssen, um den Tempel zu betreten. Er konnte sich nicht vorstellen, diesen Weg dort unten zu gehen. Wie in aller Welt sollte er nur an den drei nubischen Wachen vorbeikommen? Sie würden ihn sofort sehen und festnehmen. Er war inzwischen so weit entfernt von seinem Zuhause, wie nie zuvor in seinem Leben. Wochen waren vergangen, die er gebraucht hatte, um Meilen über Meilen dieser Strecke zurückzulegen. Ein weiter, manchmal beschwerlicher und manchmal gefährlicher Weg lag hinter ihm und nun hatte er den Ort erreicht, zu dem ihn der Pharao gesandt hatte.

Still und unauffällig schauten Hamadi, Ahhotep, Sefu und Azibo über die Kante der Anhöhe nach unten. Dann winkte Ahhotep die anderen ein Stück zurück, um auch wirklich sicher zu sein, dass die Wachen von ihrer Position aus nichts von ihrer Anwesenheit bemerken konnten.

»Da sind wir also«, flüsterte sie nun. »Jetzt müssen wir uns überlegen, wie wir vorgehen.«

»Wir werden wieder die Dunkelheit nutzen, denke ich«, sagte Sefu.

Ahhotep nickte. »Ja, uns bleibt wohl nichts anderes übrig. Also werden wir hier warten, bis es Nacht ist. Bis dahin müssen wir uns absolut ruhig verhalten.«

»Und wie geht es dann weiter?«, fragte Hamadi ungeduldig. Er wollte lieber gleich wissen, was dann auf ihn zukommen sollte.

»Ich habe mir Folgendes überlegt: Wenn es so weit ist, werde ich dort hinten, wo der Weg beginnt, Geräusche verursachen. Nicht zu auffällig, aber ungewöhnlich genug, dass es die Aufmerksamkeit der Wachen auf diesen Punkt lenkt. Währenddessen musst du den Hang hinabsteigen. So leise wie möglich und ganz nah an der Felswand, wo der Eingang ist. Du schlüpfst durch den Eingang und dann bist du drin. Es wird funktionieren, denn die Wachen sind ein Stück vom Eingang entfernt, sie werden abgelenkt sein und die Dunkelheit wird dich verbergen.«

»Und ich kann dich begleiten«, fügte Sefu hinzu und legte Hamadi seine Hand auf die Schulter. »Wir gehen gemeinsam da hinein, mein Freund.«

»Gut«, sagte Ahhotep und wandte sich an Azibo. »Du könntest hierbleiben und alles im Auge behalten. Sollte etwas schiefgehen, bist du von hier aus schneller zur Stelle als ich.«

Azibo nickte und war von dem Plan überzeugt, wie auch die anderen.

»Also schön«, sagte Hamadi. »Aber wie sollen wir in dem Tempel etwas sehen können, wenn alles stockfinster ist?«

»Nun, wir haben doch einen Feuerstein und ein Schlageisen«, sagte Sefu. »Damit haben wir uns doch immer ein Feuer machen können, wenn wir wollten, und so werde ich uns auch heute ein Licht damit entfachen.«

»Ja schon, aber die Wachen hören doch, wenn du das Eisen und den Stein aneinanderschlägst.«

Sefu beteuerte, er würde es sachte und leise machen und war sich der Sache sicher. Ein Risiko würde natürlich bleiben, aber sie brauchten Feuer, wenn sie im Tempel etwas sehen wollten, und dieser Umstand ließ ihnen keine andere Wahl. Hamadi musste Sefu und seinen Fähigkeiten im Feuermachen gänzlich vertrauen.

Doch erst einmal waren sie zum Warten gezwungen. Bis zur Nacht mussten noch ein paar Stunden vergehen und diese zogen sich dahin. Da harrten sie nun aus, verfolgten den Stand der Sonne, beobachteten die Umgebung und hin und wieder die drei nubischen Wachen. Einmal schaute Hamadi über den Rand hinab in das v-förmige Tal und ließ seinen Blick nach links bis hin zum Eingang des Tempels schweifen. Wie mochte es wohl dahinter aussehen? Was kam dort, wenn man den Tempel betrat? Außer der Finsternis ließ sich ja von hier aus nichts erkennen. Wie groß es im Inneren des Tempels war, darüber konnte er nur spekulieren und so stellte er sich schon riesenhaft weite Gänge vor, mit unterirdischen Hallen, die so groß waren, dass eine ganze Stadt darin Platz gefunden hätte. Er wusste nichts darüber. Er wusste nur, dass es eine Schatzkammer gab und die musste er finden, dann würde er dort auf den Mokrulus stoßen. Diesen würde er in den schwarzen Beutel legen und hatte dann nichts mehr dort zu tun, als sich zum Ausgang zu begeben und … Was dann?

»Ahhotep«, raunte Hamadi. »Was machen Sefu und ich nachher, wenn wir den Tempel wieder verlassen? Irgendwie müssen wir doch ungesehen wieder herauskommen.«

»Du hast recht«, antwortete sie, »das müssen wir auch bedenken. Dann werde ich die Wachen noch einmal ablenken. Doch dazu muss ich wissen, wann es so weit ist. Ihr müsst mir irgendwie ein Zeichen geben.«

»Wir werden vorsichtig aus dem Eingang herausschauen«, überlegte Sefu. »Wenn ihr ihn im Auge behaltet, dann solltet ihr uns doch sehen können, wenn wir von dort aus winken.«

So musste es gehen. Damit hatten sie alles Wichtige besprochen und das Warten ging weiter. Bald kam der Abend, an dem sie noch ein Mahl einnahmen. Hamadi aß dabei aber nicht sehr viel. Seine Nervosität vor diesem wichtigen Ereignis war größer als sein Appetit.

Von Westen her, wo die Sonne nur noch halb über den Rand des Horizontes blickte, breitete sich goldener Schimmer über den Himmel aus. Sowie sie gerade unterging, sprach Hamadi im Stillen bei sich noch ein Gebet. Nun ließ sich beobachten, wie es immer dunkler und dunkler wurde. Gleichzeitig zog langsam die nächtliche Kühle herauf. Die Soldaten, Sefu und Azibo, tasteten an ihrer Ausrüstung herum und Ahhotep spähte über den Rand nach unten, wo die drei Wachen immer noch oder wieder auf den Steinen saßen und nichts von den vier Ägyptern ahnten.

»Es kann losgehen«, verkündete sie leise. »Möge Isis mit uns sein!«

Alle wussten, was sie zu tun hatten. Ahhotep schlich geduckt nach rechts auf die Stelle zu, wo der Weg seinen Anfang nahm, Azibo näherte sich dem Hang, um alles beobachten zu können. Hamadi und Sefu begaben sich vorsichtig nach links. Ein kurzer Blick nach unten ins Tal verriet ihnen, bis wohin sie gehen mussten. So schlichen sie an der Kante der Anhöhe entlang. Sie blieben stehen und sahen nach unten, wo jetzt direkt der Eingang lag. Die Nubier waren nun rechts von ihnen. Lange an dieser Stelle ausharren mussten sie nicht, denn sie vernahmen schon Geräusche aus der Richtung, in der Ahhotep war. Es klang, als würde sie Steine auf den Boden schlagen. Die Geräusche kamen unregelmäßig und waren nicht sehr laut, also ideal zur Ablenkung, ohne dabei zu starken Verdacht zu wecken. Die Aufmerksamkeit der Wachen sollte jetzt nicht mehr auf dem Eingang des Tempels liegen, der sich etwa zwanzig Meter hinter ihnen befand. Der passende Zeitpunkt war also gekommen.

Sie durften nun nicht zögern und so traten Hamadi und Sefu über den Rand und setzten ihre Füße auf den Hang. In einem angsterfüllten Moment raste Hamadi der Gedanke durch den Kopf, an dem Hang abrutschen zu können. Der Untergrund stellte sich aber glücklicherweise als fest genug heraus. Sie fanden gut Halt darauf, mussten nur ständig aufpassen, ihre Füße sanft genug aufzusetzen. Und so stiegen sie hinab, Schritt um Schritt. Der Blick ging immer wieder kurz zu den nubischen Wachen, aber von ihnen war nichts als dunkle Umrisse zu erkennen. Die Geräusche, die Ahhotep hin und wieder verursachte, hielten noch an. Unter höchster Anspannung vergingen die Sekunden. Hamadi wagte kaum zu atmen. Er fühlte sich total schutzlos hier an diesem Hang. Sein schnell pochendes Herz verdeutlichte nur, wie langsam er voranschritt, doch so war es am sichersten. Das Auftreten auf dem schrägen Untergrund war jedes Mal von Neuem ein banges Hoffen. Obwohl es von oben bis nach unten zum Weg nicht sehr weit war, kam es Hamadi wie eine lange, unangenehme Prozedur vor. Doch schließlich dauerte alles keine volle Minute, da standen sie auf dem Weg, direkt vor dem Eingang zum Tempel. Im nächsten Moment schlichen sie auch schon hinein und wurden von der Schwärze verschluckt, wie von einem riesigen Schlund. Ganz dicht beieinander bewegten sie sich langsam vorwärts. Hamadi spürte Sefus Schulter an der seinen und hielt seine Hände vor Kopf und Körper, um sich nicht irgendwo zu stoßen. Doch der stockdunkle Raum vor ihnen war frei und leer.

»Wir sind drin«, flüsterte Sefu.

KAPITEL 22

Mit kleinen, zögerlichen Schritten schoben sich Hamadi und Sefu bedächtig vorwärts in das schwarze Nichts, das vor ihnen lag. Wenn sie ein Licht entzünden wollten, mussten sie noch weiter gehen, denn wo sie sich jetzt befanden, waren sie noch im Wahrnehmungsfeld der nubischen Wachen, die dort draußen auf dem Weg ihren Posten hatten.

»Es muss doch bestimmt gleich eine Wand kommen«, flüsterte Hamadi und rechnete schon fest damit, dass seine Hände jeden Moment kalte, glatte Steine vor ihm ertasten würden. An dieser Wand würden sie sich dann entlangtasten können, um in den nächsten Raum zu gelangen, doch es kam nicht dazu. Auf einmal jedoch war da eine Kante am Boden und Hamadis Zehen hingen in der Luft. Unwillkürlich griff er nach Sefus Arm, als müsste er sonst stürzen. Beide blieben an dieser Stelle stehen.

»Es geht hier leicht nach unten«, raunte Sefu. »Ich kann es mit meinem Fuß ertasten.«

Der Boden wurde hier also abschüssig und führte nach unten. Auch Hamadi bemerkte das, indem er nun auch seinen Fuß langsam weiter nach vorne setzte.

»Dann lass uns weitergehen«, sagte er.

Nun ging es also abwärts – leicht, aber stetig. Auf eine Wand oder ein ähnliches Hindernis trafen sie noch immer nicht. Doch dann wurde der Untergrund plötzlich wieder eben. Hier gingen sie immer noch ein Stück weiter. Aber es kam nichts und sie blieben wieder stehen. Sie waren nicht sehr weit in die Tiefe gegangen – vielleicht ein paar Meter –, aber dennoch fühlten sie sich hier in dieser undurchdringlichen Finsternis schon von der Außenwelt abgeschnitten.

»Jetzt müssten wir außer Reichweite der Wachen sein«, meinte Sefu.

Hamadi hörte, wie sein Partner das Werkzeug zum Feuermachen hervorholte und dann verrichtete Sefu sein Werk. Aneinanderschlagen konnte er Feuerstein und Schlageisen nicht, denn das wäre viel zu laut. Also versuchte er beides eher aneinander zu reiben, kräftig und ruckartig und tatsächlich sprangen die ersten Funken hervor. Das erste Licht, das sie hier unten erblickten. Obwohl es Sefu recht gut gelang, laute Geräusche zu vermeiden, war es dennoch ein langwieriger Prozess und es blieb nur zu hoffen, dass der trockene Zunder, den er auf den Boden gelegt hatte, bald anfangen würde zu glimmen. Hamadi konnte nur gebannt daneben stehen, drehte sich immer wieder nach hinten um, obwohl er dort natürlich nichts sehen konnte. Dann war da ein winziges Flämmchen vor seinen Füßen, das zu wachsen begann, während sich der Geruch von Rauch verteilte. Erstmals ließ sich im Schein des kleinen Feuers der Raum erkennen. Vielmehr handelte es sich um einen Vorraum, denn es gab zur linken Seite, zur rechten Seite, wie auch geradeaus jeweils einen Durchgang in weitere, finstere Räume. Hinter sich sahen Sefu und Hamadi nur den ansteigenden Fußboden, den sie heruntergegangen waren. Und an der Seite hingen an der Wand Halterungen, in denen sich erloschene Fackeln befanden.

»Sieh nur«, sagte Sefu erfreut, als er sie entdeckte und Hamadi ging gleich und nahm zwei davon aus ihrer Halterung.

Auch kleine Hölzer hatte Sefu in dem Feuerchen bereitgelegt, mit dem Hintergedanken, dass sie als Fackeln dienen mussten, doch jetzt konnte er sie herausnehmen und mit ihrer Hilfe die richtigen Fackeln entzünden. Schließlich waren sie beide mit Licht in der Hand ausgestattet und die Erkundung des Tempels konnte beginnen. Zuerst nahmen sie sich den Durchgang auf der linken Seite vor. Sie traten in einen Raum, dessen Wände mit Bemalungen verziert waren, ganz ähnlich denen, die es in ägyptischen Tempeln gab. Vor der Wand geradeaus stand auf einem steinernen Podest eine große Metallschale, die im Schein des Feuers funkelte.

»Die könnte wohl für irgendwelche religiösen Rituale gedacht sein«, meinte Hamadi. Etwas Ähnliches hatte er schon einmal in einem Tempel in Theben gesehen.

Eine Schatzkammer war das allerdings bestimmt nicht und so gingen sie weiter zum nächsten Raum. Dieser sah auf den ersten Blick aus wie der erste Raum, doch er war etwas größer. Auch hier zeigten Wandbemalungen verschiedene Szenen, die im flackernden Fackellicht scheinbar zum Leben erwachten. Der Raum war langgezogen und ganz vorne gab es einen Altar, von weißen Tüchern bedeckt. In der kühlen Luft lag ein Geruch, der noch von Zeremonien stammen konnte, die hier für gewöhnlich abgehalten wurden. Hamadi und Sefu gingen ein paar Schritte in den Raum hinein und auf den Altar zu.

»Das ist auch nicht das, wonach wir suchen«, sagte Sefu.

Sie blieben beide stehen und sahen sich um.

»Ja, lass uns weitergehen«, erwiderte Hamadi.

Sie wandten sich um und verließen den Raum, um den letzten der drei Räume zu betreten. Die Erwartung war nun besonders groß. Doch hier traten sie nicht in einen Raum, sondern erst in einen Gang mit schmalen Wänden. Dieser Gang, in dem sie nicht nebeneinander, sondern nur nacheinander laufen konnten, führte weiter nach unten in die Tiefe. Sie gingen also los und das Fackellicht offenbarte die Stelle, wo der Gang wieder waagerecht weiterführte. Sobald sie dort waren, sahen sie vor sich dunkel und geheimnisvoll einen weiteren Durchgang. Über diesem, knapp unterhalb der Decke, war ein Kopf in den Stein gehauen. Grimmig schaute das fein gemeißelte Gesicht auf die zwei Ägypter herab, die langsam darauf zugingen. Die steinernen Augen dieser Büste schienen jeden Eindringling verfluchen zu wollen, der es wagte, hierherzukommen und durch diesen Gang zu schreiten. Wahrscheinlich war es ein nubisches Götzenbild, im Stein verewigt, das schützen sollte, was hinter dem Durchgang lag. Aber Hamadi und Sefu hatten doch eigentlich nichts zu fürchten, denn schließlich kamen sie im Auftrag des Pharaos, des göttlichen Herrschers, und hatten seinen Segen. Mit einem mulmigen Gefühl schritten sie unter dem Steinkopf hindurch und gelangten in einen Raum, der nun tatsächlich der Ort ihres Anliegens sein musste.

Es gab hier zwar keine großen Berge von Gold und Juwelen, die ihnen entgegenprangten, doch es glänzte trotzdem mehrfach – das sahen sie gleich. Der Raum war länglich und hatte links und rechts stabile Holzregale, längsseits aufgestellt bis nach hinten zur Wand. In diesen Holzregalen hatten die Schätze ihren Platz. Da gab es goldene Ringe, mit Edelsteinen besetzte Ketten und Diademe, spiegelnde Kelche, kleine Statuen und Figuren, Medaillen, Zepter und Ähnliches mehr. All diese Kostbarkeiten glänzten, funkelten und hatten eine eindrucksvolle Erscheinung. Das war eine Augenweide. Und alles hatte seinen eigenen Platz in den Regalen.

Sefu legte seine Hand auf Hamadis Schulter und sagte: »Also gut, mein Freund, du weißt, was du zu tun hast.«

Hamadi nickte langsam und sagte: »Ja. Jetzt ist es so weit.«

»Ich werde hier am Eingang bleiben und aufpassen. Jetzt kannst du das Ding in Ruhe suchen, es dann einpacken und wenn das geschafft ist, werden wir von hier verschwinden.«

»So machen wir es«, gab Hamadi entschlossen zurück.

Damit drehte er sich um und ging los. Er schritt zwischen den Regalen hindurch und ließ seinen Blick ununterbrochen von links nach rechts, von oben nach unten über die Schätze wandern. Jeder weitere Gegenstand, der ihm vor die Nase kam, konnte der Mokrulus sein – das wusste er genau und so ging er aufmerksam dieser Suche nach. Dabei merkte er gar nicht, wie weit er schon gegangen war und stand schließlich vor der Wand, wo die Regale endeten. Also nahm er sich den nächsten Gang vor, der zwischen den Regalen zurückführte. Bloß übersehen durfte er das magische Schmuckstück auf keinen Fall, sonst musste er noch ewig hier hin und her irren. Da überlegte er, nochmal den Papyrus anzuschauen, der sich in dem kleinen schwarzen Beutel befand. Aber eigentlich hatte er sich doch die Darstellung darauf so gut einprägen können. So machte er also weiter, immer mit dem Gedanken, dass der nächste Schatz, den er sah, der eine sein konnte. Gleichzeitig hatte er im Hinterkopf die beiden anderen, Ahhotep und Azibo, die jetzt draußen in der Nacht warteten, und dann waren da noch die drei nubischen Wachen, die hoffentlich nichts bemerkt hatten.

Und dann sah er in einem der Regale einen zylinderförmigen goldenen Gegenstand und er wusste, jetzt hatte er ihn gefunden. Sofort hielt er inne und starrte das Ding an. Fremde Symbole und Zeichen waren auf der ganzen

Oberfläche eingraviert und oben auf diesem Zylinder, der tatsächlich etwa so groß war wie der Griff eines Schwertes, befand sich ein gebogener Stachel. Hamadi wusste, dass seine Suche beendet war und trotzdem holte er nun doch die Zeichnung aus dem schwarzen Beutel heraus. Es gab keinen Zweifel. Die Darstellung auf dem Papyrus zeigte genau das, was er gerade direkt vor sich stehen sah. Er ließ das Blatt wieder in dem schwarzen Beutel verschwinden, in den er nun auch endlich das Objekt einpacken konnte, wegen dem er diesen weiten Weg bis hierher gekommen war. So griff er langsam und mit klopfendem Herzen nach dem Mokrulus. Ganz sachte legte er seine Finger um ihn, spürte dabei das kalte Edelmetall und als er ihn anhob, wurde ihm das Gewicht des Goldes bewusst. Jetzt ruhte dieser mystische Gegenstand in seiner Hand und er betrachtete ihn von allen Seiten. Dieses Ding also sollte den Nubiern im Kampf gegen das Pharaonenreich mehr Stärke verleihen. Da kam nur ein Gedanke in Hamadi auf: ›Ich werde meinem König, Mentuhotep II., diesen Schatz bringen.‹ So legte er ihn also in den schwarzen Beutel und spürte sein Gewicht.

Nun ging er geradewegs auf den Eingang zu, wo Sefu stand und ihm entgegensah.

»Ich habe ihn, Sefu«, sagte er mit fester Stimme, »wir können wieder hier raus!«

»Oh, das ist sehr gut!«

KAPITEL 23

Sie gingen den schrägen Gang hinauf und standen dann wieder in dem Vorraum, in dem Sefu vorhin das Feuer entzündet hatte. Hier mussten sie ihre Fackeln nun wieder löschen. Sie traten sie einfach aus und ließen sie auf dem Boden liegen. Wer auch immer in nächster Zeit in den Tempel kommen würde, würde das nicht übersehen können. Dann wären Hamadi, Sefu und die anderen allerdings schon längst über alle Berge. In der völligen Dunkelheit, die hier erneut herrschte, berührten sie sich wieder leicht am Arm, um gemeinsam das Stück nach oben zu gehen. Danach standen sie im Tempeleingang und konnten nach draußen sehen, wo zumindest ein wenig nächtliches Licht durch Mond und Sterne vorhanden war.

»Warte hier, ich werde winken«, flüsterte Sefu.

Hamadi stellte sich still an die Wand und Sefu trat direkt in den Eingang, sodass Ahhotep und Azibo ihn sehen mussten.

»He!«, rief auf einmal eine Stimme, und zwar direkt aus der Richtung, wo die drei nubischen Wachen ihren Posten hatten. Sefu sah Bewegung dort vorne auf dem Weg.

»Verdammt, wir wurden entdeckt!«, sagte er entsetzt.

Hamadi konnte nicht glauben, dass das gerade wirklich geschehen sein sollte, doch er hörte die Stimmen, die ganz sicher nicht von Ahhotep und Azibo kommen konnten, und außerdem bemerkte auch er, dass sich da mindestens einer der Nubier in Bewegung setzte. In diesem Moment erscholl ein Pfiff von oben den Hang herab, gleich darauf schlug ein Stein am selben Hang auf und rollte nach unten. Das mussten Ahhotep und Azibo sein! Sefu und Hamadi verstanden, dass sie die Wachen verwirren wollten, um eine Flucht zu ermöglichen. Daher rannten sie nun aus dem Eingang des Tempels heraus und stiegen so schnell sie konnten den Hang nach oben – den gleichen Weg, wie sie ihn vorhin still und langsam nach unten geschlichen waren. Während sie sich aufwärts kämpften, hörten sie wütendes Stimmengewirr der Nubier und zudem nochmals das Aufschlagen eines geworfenen Steines.

Hamadi schaute kurz zur Seite und meinte, Ahhotep und Azibo oben auf der Anhöhe zu sehen. Doch war da nicht auch einer der Nubier, der auf die beiden losstürmte? Jedenfalls hatten Hamadi und Sefu die Anhöhe erklommen, konnten daher schneller rennen und das taten auch die zwei anderen. So flohen nun alle vier von diesem Ort und hasteten in die nächtliche Wüste. Hinter ihnen tönte laut ein Klang, wie er nur entstehen konnte, wenn jemand kräftig in ein Horn blies. Die nubischen Wachen schlugen also Alarm, um noch mehr Krieger aus der Stadt Firka zu mobilisieren.

Wie lange die nubischen Wachen noch hinter ihnen her rannten, konnten sie nicht sagen, doch irgendwann waren sie nicht mehr da und die vier konnten endlich stehen bleiben und durchatmen.

»Hast du es geschafft, Hamadi?«, war Ahhoteps erste Frage, die sie keuchend hervorbrachte. »Hast du ihn gefunden?«

»Ja, das habe ich. Er befindet sich in meinem Beutel.«

»Oh, bei Isis, ich bin so froh, dass du das sagst!« Sie nahm ihn herzlich in den Arm und drückte ihn fest an sich.

»Dann ist das also erledigt!«, sagte Azibo und auch in seiner Stimme klang Erleichterung und sogar ein bisschen Heiterkeit.

Sefu, der sich auf einen Stein gesetzt hatte, fragte: »Was machen wir jetzt? Wir wissen, dass mehr Krieger auf dem Weg zum Tempel sind. Vielleicht werden sie dann mit der Verstärkung versuchen, unsere Fährte aufzunehmen. Sie wissen ja in welche Richtung wir geflohen sind.«

Niemand sagte etwas. Anspannung und Unsicherheit lagen in der Luft. Hamadi sah Ahhotep an, obwohl er ihr Gesicht in der Dunkelheit nicht erkennen konnte, doch sie schien in die Richtung zu schauen, in der wohl die Stadt Firka liegen musste.

Azibo stöhnte auf. »Wenn wir jetzt hierbleiben und uns ausruhen«, sagte er, »dann kommen sie vielleicht und überfallen uns.«

Hamadi ahnte schon, dass die Strapazen der Nacht noch lange nicht überstanden waren.

»Es stimmt, wir sind hier in Gefahr«, gab Ahhotep zu. »Obwohl wir sicherlich alle gerne eine Ruhepause einlegen würden, ist es sehr riskant hierzubleiben, wo sie uns aufspüren könnten.«

»Also laufen wir weiter nach Firka?«, fragte Hamadi.

»Ja. Es wird das Beste sein. Wir laufen nach Firka, nehmen uns dort ein Boot und fahren über den Nil. Wenn wir erst auf der anderen Seite sind, können wir uns immer noch ausruhen.«

Diesen Entschluss fassten sie keinen Moment zu früh. Denn in dieser Nacht waren nun viele nubische Krieger darauf aus, die vier Ägypter zu schnappen. In der Stadt Firka hatte man den Alarmton des Hornes gehört und daraufhin waren mehr als zwei Dutzend Krieger in Richtung des Tempels geeilt. Ein paar von ihnen ritten auf Pferden und so waren sie die Ersten, die dort ankamen und von den drei Wachen erfuhren, was sich zugetragen hatte. Es war die Rede von vier Eindringlingen, die nicht nur verbotenerweise den Tempel betreten hatten, sondern garantiert auch etwas Kostbares aus ihm gestohlen hatten. Warum sonst sollten sie das Risiko auf sich nehmen und es wagen, in den Tempel zu schleichen? Schließlich waren sie entkommen und in die Wüste geflohen. Dort würden sie sich aber nicht ewig verstecken können und die Nubier folgerten, dass sie bald in die nächste Stadt einkehren mussten, denn nur dort gab es Wasser, Nahrung und die Möglichkeit, auf den Fluss zu fahren, der sie schnell und weit fortbringen konnte. Die nächste Stadt im Umkreis von vielen Meilen war nun einmal Firka und damit war den Kriegern klar, was sie jetzt zu tun hatten. Die Reiter unter ihnen trieben ihre Pferde an, um schnell zurück in die Stadt zu kommen und dort den vier Eindringlingen aufzulauern. Es konnte nur eine Frage der Zeit sein, bis diese aus der Wüste hierherkommen mussten. Das dachten sich die nubischen Krieger und damit sollten sie recht haben.

Ohne Ahnung, aber mit Sorgen zogen Ahhotep, Hamadi, Sefu und Azibo durch die Nacht, in jene Richtung, in der Firka lag und der Nil, der sie retten konnte. Klar, sie hatten nicht vor, sich mit einem Boot auf den Fluss zu begeben und dann mit der Strömung nach Ägypten zu fahren. So verlockend dieser Gedanke auch erschien, war es dennoch äußerst verhängnisvoll, offen als Ägypter im feindlichen Land unterwegs zu sein. Auf dem Fluss würde man sie an irgendeiner Stelle hier in Nubien ergreifen und dann wäre es aus. Kurzum, sie mussten wieder den Landweg nehmen.

Der Plan stand fest, doch erst einmal galt es, in Firka ein Boot aufzutreiben – diesmal möglichst ungesehen. Dorthin trugen sie nun ihre müden Beine. Die Stadt tauchte bald weit vor ihnen auf. Sie konnten schon ein paar Fackellichter sehen.

An manchen felsigen Stellen mussten sie besonders aufpassen, in der nächtlichen Wüste, um nicht falsch aufzutreten. Doch die größere Gefahr lag noch vor ihnen.

Die Zeit verstrich und der Weg bis zur Stadt war nicht gerade kurz. Sie gingen recht zügig und als sie dann irgendwann – es war noch immer finstere Nacht – unweit des Stadtrandes waren, spürten sie so deutlich die Erschöpfung, dass sie sich nur noch nach Schlaf sehnten. Endlich eine Pause machen zu können, wäre ein Segen. Doch das würde erst nach der Flussüberquerung möglich sein. Nun mussten sie zunächst die Stadt betreten.

Zwischen den ersten Hauswänden lauerten nubische Krieger und spähten in die Wüste. Diejenigen, die da kamen, sahen das jedoch nicht.

KAPITEL 24

Sie bemerkten zu spät, dass es nubische Krieger waren, die da von der Seite auf sie zukamen.

»Ihr da! Stehen bleiben!«, rief einer von ihnen in der nubischen Sprache, die der ägyptischen aber so ähnlich war, dass die vier es verstehen konnten. Erst jetzt hatten diese Krieger – es mussten wohl fünf sein – ihre volle Aufmerksamkeit. Sie sahen, wie eilig sie sich näherten, und dann hörten sie, wie Schwerter gezogen wurden. In diesem Moment, in dem sie wie angewurzelt dort standen, fassten Ahhotep, Hamadi, Sefu und Azibo den gleichen Gedanken: Flucht!

In der nächsten Sekunde wichen sie fast stolpernd zurück und Ahhotep stammelte: »In die Stadt rennen! Los!«

Nicht nur sie rannten nun, sondern auch die nubischen Krieger und das mit einschüchterndem Gebrüll. Bei dunkler Nacht und von den Widersachern gehetzt, mussten sie sich in Sekundenschnelle einen Weg durch die unbekannte Stadt suchen. Da passierte es auf einmal, dass Ahhotep stolperte. Es war vielleicht ein Korb, der da auf dem Boden stand. In der Finsternis ließ sich das kaum erkennen. Jedenfalls wurde er ihr zum Verhängnis, denn sie strauchelte, konnte sich knapp vor einem Sturz bewahren, aber verlor massiv an Tempo. Nur noch wenige Meter blieben, als sie wieder rennen konnte, zwischen ihr und den nubischen Kriegern. Von denen nutzte einer die Gelegenheit. Er schwang einen Arm nach vorne und warf ein tödliches Messer. Ahhotep spürte einen Aufschlag an ihrem linken Oberarm, gefolgt von einem durchdringenden Schmerz. Klirrend fiel das Messer auf den Boden. Während sie rannte, fasste Ahhotep an ihren Arm und spürte eine warme Flüssigkeit zwischen ihren Fingern. Zu wissen, dass sie eine blutende Wunde hatte, machte den Schmerz noch schlimmer, doch das konnte sie jetzt nicht daran hindern, weiter zu fliehen. Ahhotep rannte den anderen hinterher. Sie waren schon im Inneren der Stadt und ständig ging es um eine Hausecke und durch eine weitere Gasse. Inzwischen führte Sefu sie an, oder vielleicht war es auch Azibo, der den Weg vorgab. Einer der beiden Soldaten fasste Mut und beugte sich zu einem Krug herunter, der da an einer Hauswand stand. Diesen schleuderte er den Nubiern entgegen, die kaum auf das reagieren konnten, was da auf sie geflogen kam. Der Gegenangriff war äußert passend gewählt, denn gleich danach rannten die vier um ein Haus herum und konnten vor sich die Umrisse einer Treppe erkennen. Solche Treppen an der Außenwand eines Gebäudes gab es oft und sie führten immer auf das Dach eines Hauses, welches flach war, sodass es sich betreten ließ. Diese Möglichkeit ergriffen sie ohne zu zögern und eilten auf das Dach. Hier oben gab es eine Wand und an diese kauerten sie sich. Schwer atmend konnten sie nur hoffen, dass die Verfolger sie hier oben nicht entdecken würden. Sie hörten die schnellen Schritte unten und glücklicherweise entfernten sie sich.

»Sie haben uns verloren«, stieß Sefu hervor und alle waren froh und außer Fassung zugleich.

»Leider haben sie mich …«, stammelte Ahhotep, »am Arm erwischt.«

Sefu, der die meiste Erfahrung mit der Versorgung von Wunden hatte, untersuchte die Verletzung. Ohne Licht war das zwar schwierig, doch er erkannte die Schnittwunde als nicht sehr tief an. Daher bemühte er sich, einen Verband herzurichten und während er das tat, spürte Ahhotep ihre Kräfte schwinden.

»Ich fürchte, dieses Messer hatte mehr als nur scharfes Metall an sich«, sagte sie.

Hin und wieder machte sich ein leichter Schwindel bei ihr bemerkbar und auch ihre Sinne schienen etwas getrübt zu sein. Das teilte sie den anderen mit.

»Die Klinge war vergiftet«, sprach sie ihre Vermutung offen aus.

Hamadi bekam kein Wort hervor, als er das hörte. Das durfte alles nicht wahr sein! Was für ein schlimmes Schicksal würde Ahhotep nun ereilen?

Sefu hatte viele Sorgenfalten auf der Stirn. Er griff Ahhotep sanft an den Unterarm und fühlte, wie beschleunigt ihr Herz schlug. Nun wurde mit jeder Minute die Gewissheit über eine Vergiftung größer. Inzwischen setzte die Morgendämmerung ein. Fahles Licht wurde stärker und stärker. Noch immer liefen die nubischen Wachen durch die Stadt und suchten jeden Winkel ab. Gerade streiften sie wieder in der Nähe vorbei und die vier hörten ihre bedrohlichen Schritte von unten.

Ahhotep flüsterte: »Ihr müsst … mich zurücklassen.«

Da setzte Hamadis Herz fast einen Schlag aus.

»Nein!«, flehte er leise.

»Aber Ahhotep …«, sagte Sefu.

»Ich werde es nicht schaffen«, sagte sie leise. »Das Gift ist in meinem Körper. Und mein Körper wird es nicht verkraften. Bitte … lasst mich hier. Du, Hamadi, hast den Mokrulus gefunden. Du hast ihn, also geh und bring ihn zu unserem König. Meine Aufgabe habe ich erfüllt, … nun erfülle du deine. Und ihr, Sefu und Azibo, … begleitet und beschützt Hamadi.«

Nicht nur Hamadi hatte Tränen in den müden Augen. Er nahm Ahhoteps Hand. Auf ihrer Haut war kalter Schweiß. Er musste mit sich ringen, um nicht ungehalten loszuschluchzen.

Gestern Abend waren sie noch am Tempel gewesen, Hamadi hatte diesen Ort betreten und auch wieder verlassen. Danach war es ihnen gelungen, zu entkommen. Heute war es nur noch die Flussüberquerung, die sie zu bewältigen hatten, doch bevor es dazu kommen konnte, versetzte ihnen das Schicksal einen plötzlichen und gnadenlosen Schlag. Noch keine ganze Stunde war vergangen seit der Verfolgungsjagd durch die Stadt und dem verhängnisvollen Messerwurf. Es war nur eine Sekunde in den Stunden, Tagen und Wochen, die diese Reise andauerte. Nur eine alles verändernde Sekunde und nun nahm die Katastrophe Gestalt an.

So furchtbar die Situation auch war, Ahhoteps Worte waren endgültig. Sie lag im Sterben und konnte keine irdische Rettung mehr erfahren. Es musste jetzt weitergehen. Bald würde die Sonne über den Rand des Horizontes steigen und schließlich war es nur noch eine Frage der Zeit, bis die Nubier die Ägypter hier oben auf dem Dach entdecken würden. Sie mussten also fliehen. Ahhotep, deren Atem immer schwerer ging, konnte nicht mehr gerettet werden. Das zunehmende Morgenlicht offenbarte ihr blasses Gesicht. Ihre Augen, die sie nur halb geöffnet hatte, wurden auf einmal größer.

»Dort vorne«, raunte sie mit schwacher Stimme, »ist ein Boot!«

Die anderen drehten sich um und sahen es auch. Von hier aus war ihr Blick frei auf die Wand eines Hauses, an der ein Boot auf dem trockenen Boden stand. Das Haus selbst war nah beim Nil, dessen Wasser ein Stück weiter hinten schimmerte. Hamadi sah das Boot, er sah den Fluss dahinter und er sah den Weg, den er von hier aus durch die Stadt gehen musste, um dorthin zu gelangen. Der Moment war gekommen. Es blieb keine Zeit mehr zu verlieren.

Noch einmal nahm er Ahhoteps Hand und umschloss sie diesmal mit beiden seiner Hände. Dann senkte er den Kopf und führte dabei ihre Hand langsam an seine Stirn. Mit geschlossenen Augen betete er im Stillen, um den Frieden, den Ahhotep nun schnell finden sollte. Eine Träne rollte über seine Wange. Als er wieder aufblickte, schaute er Sefu und Azibo an.

Mit einem verzweifelten Blick und einem Schmerz, der tief in ihren Herzen saß, stiegen sie die Treppenstufen vom Dach des Hauses hinab. Hamadi ging voran – nicht sehr schnell, denn in diesem Zustand völliger Niedergeschlagenheit kümmerte er sich kaum um die nubischen Krieger, die jeden Moment irgendwo auftauchen und sie entdecken konnten. Er, Sefu und Azibo gingen einfach den Weg, der zum Boot führte und nur allmählich beschleunigten sie ihr Tempo.

Schon sahen sie die Wand, an der das rettende Gefährt platziert war. Zuletzt trabten die drei und standen schließlich davor. Da hörten sie Schritte hinter sich und sahen zwei nubische Krieger. Sefu nahm ein Ruder, das an der Wand lehnte und warf es ins Boot. Doch es war abzusehen, dass sie den zwei Nubiern, die schon mit gezogenen Waffen auf sie zu rannten, nicht entkommen konnten.

Kurzerhand zog Azibo sein Schwert und sagte: »Seht zu, dass ihr fortkommt! Ich werde sie aufhalten!«

Und mit einem grimmig-entschlossenen Blick drehte er sich zu den Gegnern um und kam ihnen langsam entgegen. Hamadi und Sefu packten das Boot – einer vorne, einer hinten – und trugen oder schleiften es in Richtung Fluss, so schnell es ihnen möglich war. Sie hörten noch, wie Azibos Schwert sich mit denen der Nubier kreuzte und wie Schläge gegen seinen hölzernen Schild donnerten. Der Fluss war nicht weit entfernt und sie stolperten eilig mit ihrer schweren Last auf ihn zu. Schließlich kamen sie an den letzten Häusern vorbei und traten an eine kleine Bucht. Hier mussten sie noch ein paar Schritte bergab gehen, bis sie das Wasser erreichten und endlich das Boot absetzen konnten.

Doch voller Schrecken erblickten sie nubische Krieger, die brüllend von linker und rechter Seite angestürmt kamen. Es mussten insgesamt mehr als fünf sein und Sefu und Hamadi blieb nichts anderes, als dem Boot einen Stoß zu versetzen und hastig hineinzuspringen. Sefu griff sofort nach dem Ruder und rammte es ins Wasser, das dabei wild aufgepeitscht wurde. Hamadi schaute zurück und sah, wie die Nubier ihnen wie aggressive Hyänen nachsetzten. Sie richteten den Fliehenden Schwerter und Lanzen entgegen, traten nun selbst ins Wasser und waren nicht aufzuhalten.

Für den Bruchteil einer Sekunde dachte Hamadi an Azibo und daran, dass er es nicht geschafft hatte, und in genau diesem Moment kam der ägyptische Soldat, wie ein von den Göttern geschickter Held, angelaufen und attackierte die Nubier von hinten. Diese wussten erst gar nicht wie ihnen geschah und so gingen zwei von ihnen unter Azibos Überfall zu Boden. Die Übrigen fochten nun mit ihm und konnten sich nicht mehr auf Hamadi und Sefu konzentrieren, die schon ein beachtliches Stück mit dem Boot zurückgelegt hatten. Und Sefu ruderte weiter. So bedauernswert es auch war, er wusste, dass Azibo ehrenvoll zurückblieb, um Hamadi und ihm die Flucht zu ermöglichen.

KAPITEL 25

Azibo kämpfte tapfer und es gelang ihm, alle nubischen Krieger vom Wasser wegzulocken. Doch den Gegnern, die in der Überzahl waren und ihn schon halb umringten, würde er nicht ewig standhalten können und so drängten sie ihn zurück. Hamadi und Sefu sahen es. Mit ihrem Boot waren sie schon aus der kleinen Bucht heraus und auf den breiten Fluss gefahren. Nun unterstützte sie die Strömung und sie entfernten sich immer schneller vom Kampfgeschehen. Zuletzt sahen sie noch, wie Azibo sich umdrehte und die Flucht ergriff. Nicht alle Nubier rannten ihm nach. Mindestens zwei schienen einen anderen Weg zu nehmen. Wollte sie sich womöglich mit einem Boot an die Fersen von Hamadi und Sefu heften?

Die Gefahr war noch nicht vorbei und so ruderte Sefu kräftig weiter in die Richtung des anderen Ufers. Die Häuser von Firka wurden kleiner und kleiner und die Stadt selbst war nicht mehr als ein Ort von Schmerz und Verhängnis, zu dem sie nie wieder zurückkehren konnten. Spätestens als sie die Flussmitte erreichten, wagten sie es, nach vorne zu schauen, zum anderen Ufer, an das sie sich nun retten mussten. Inzwischen hatten sie sich weit von Firka entfernt und es war so still. Nur die Laute von ein paar Vögeln, die irgendwo in den Uferbereichen saßen und den

Morgen begrüßten, ließen sich hören. Auch das Ruder nutzte Sefu nur noch sparsam und so trieben sie dahin und kamen dem Ufer langsam näher.

Schließlich fand sich eine niedrige Kante am Wasser, über die sie das Boot gut verlassen konnten. Doch das Aufstehen und das Aussteigen waren durchaus eine Anstrengung, wollte Hamadi doch am liebsten einfach sitzen bleiben, sich auf dem Fluss treiben lassen, dabei einschlafen und von einem friedlichen Leben in der Heimat, in Theben, träumen. Doch das Boot trieb alleine auf der Stelle, an der sie es zurückgelassen hatten, und wurde wohl später von der Strömung flussabwärts gezogen.

Hamadi und Sefu sahen es nicht mehr, denn sie zogen sich in die Wüste zurück. Schweigsam liefen sie weiter und weiter und nahmen die Landschaft gar nicht richtig wahr. Irgendwann, als sie weit genug vom Fluss entfernt waren, hatten sie jedoch eine Senke vor sich, die versprach, ein halbwegs sicheres Versteck zu sein. Dort sanken sie nieder, ohne lange darüber nachzudenken. Sie legten noch kurz etwas unter, zogen sich Kleidungsstücke über den Kopf und wurden auch schon vom Schlaf übermannt.

Als Hamadi aufwachte, musste er nur leicht den Kopf drehen und blickte in den hellen Himmel, der von dünnen Wolken, die aussahen wie Spinnweben, durchzogen war. Ein Gemälde, mit Pastellfarben gezeichnet. Doch schon eine leichte Bewegung lenkte seine Aufmerksamkeit auf den harten, sandigen Untergrund, auf dem er lag. Die Luft war still und warm. Seine Hand lag auf einem Stoff, unter dem sich ein Gegenstand befand, der hart wie ein Stein war, doch die Form verriet, dass es etwas anderes sein musste. Hamadi bewegte seine Hand darüber und sofort fiel ihm ein, dass es der Mokrulus war. Er seufzte leise. Dann richtete er sich langsam auf und sah sich um. Er saß in dieser Kuhle, neben ihm lag Sefu, der gerade die Augen öffnete. Es war mitten am Tag. Der erste Tag ohne Ahhotep. Alles, was geschehen war, hing eisern in Hamadis Erinnerung und bezeugte ihm, dass es mehr als nur ein böser Traum gewesen war. Diese Dinge waren wirklich geschehen und nun waren sie – er und Sefu – zurückgeblieben in dieser furchtbaren Welt. Da schaute er zu seinem Freund, der sich gerade ebenfalls aufrichtete und ihm in die Augen sah. Kurz darauf sah er ihn nur noch verschwommen, denn seine Augen füllten sich mit Tränen und seine Lippen fingen leicht zu zittern an. Leise schluchzte Hamadi auf und Sefu beugte sich zu ihm und nahm ihn in den Arm.

»Sefu, das kann doch alles nicht sein!«

Sefu antwortete nicht, sondern strich ihm freundschaftlich tröstend über den Rücken, während ihm selbst die Tränen kamen. So saßen sie einige Minuten in der Senke und weinten bitterlich.

»Ahhotep …«, stammelte Hamadi. »Sie ist …« Er brachte es nicht über die Lippen. Noch vor einem Tag hätte er nicht glauben wollen, dass so eine schreckliche Wendung des Schicksals möglich war. Doch nun war es passiert und die ganze Welt schien auf dem Kopf zu stehen. »Wir haben sie sterbend zurückgelassen«, brachte er mühsam hervor und fühlte neben der Trauer auch eine heiße, bittere Wut.

»Die Götter haben es wohl nicht anders als so gewollt«, sagte Sefu. »Doch eines steht fest: Sie hat im Auftrag unseres heiligen Königs ihr Leben gelassen. Er wird für ihre Seele den Frieden sicherstellen.«

Die zwei Freunde lösten ihre Umarmung und Hamadi atmete tief durch.

»Das muss er!«, antwortete er mit belegter Stimme. »Denn es ist das Mindeste, das sie verdient hat.«

Sefu nickte und schaute betroffen zu Boden.

»Ahhotep hatte immer ein beeindruckendes Durchhaltevermögen gezeigt«, fuhr Hamadi leise fort. »Niemals scheute sie eine Herausforderung.«

»Da hast du recht. Nun, … ich hätte nicht gedacht, dass … ich mich so an die Gesellschaft unserer kleinen Gruppe gewöhnen würde. Ahhotep ist mir ans Herz gewachsen, muss ich sagen. Und auch du, Hamadi. Und Azibo auch. Zuletzt hat er durch seine Aufopferung einen unglaublichen Einsatz gezeigt. Einen Einsatz, den man nur von einem wahrlich ehrwürdigen Soldaten erwarten dürfte.«

»Das stimmt. Ohne ihn wären wir nie so einfach entkommen. Aber es ist so schmerzlich, zu wissen, dass wir ihn nicht mehr mitnehmen konnten.«

»Ja …«, sagte Sefu. »Ich bete, dass er den Nubiern entwischen konnte.«

Hamadi schaute seinen Freund nachdenklich an.

»Du meinst, er hat vielleicht überlebt«, sagte er, »und konnte selbst aus der Stadt fliehen?«

»Möglich wäre es durchaus.«

»Dann hätten wir ihn vielleicht noch …«

»Nein, Hamadi, es war richtig von uns, zum anderen Ufer des Flusses und schließlich in die Wüste zu fliehen. Auch Azibo wollte es so. Er weiß, dass ein einzelner Soldat manchmal nicht zählt, wenn es darum geht, die große Aufgabe zu bewältigen. Und das ist jetzt das Wichtigste: *deine* Aufgabe! Daher lass uns jetzt aufbrechen und den Weg zurück nach Ägypten gehen! Ahhotep hätte es so von uns gewollt. Und Azibo würde es nicht dulden, wenn wir jetzt traurig hier herumsitzen. Daran müssen wir immer denken, wenn wir sie in unserer Erinnerung haben.«

Sie standen beide auf und setzten sich in Bewegung.

KAPITEL 26

Nun zogen Hamadi und Sefu also nach Norden, immer mit großem Abstand zum Nil rechts von ihnen, und wussten, dass sie einen weiten Weg vor sich hatten. Es würde viele Tage dauern, bis sie die Stelle erreicht hätten, an der sie vor über zwei Wochen das Boot in einer Felsspalte versteckt und mit Steinen bedeckt hatten. Vielleicht war es gar nicht mehr da. In diesem Fall würden sie von dort das Stück nach Swenu laufen müssen. Wenn sie erst Swenu erreichten, wäre alles einfacher, denn dort würden sie ein Boot bekommen, mit dem sie dann unbeschwert nach Theben fahren könnten. Doch davon waren sie heute noch weit entfernt. Der ganze Weg, den sie zu Fuß gekommen waren, hatten sie noch vor sich und mussten ihn ebenso zu Fuß zurückgehen.

Da sie an diesem Tag so spät aufgebrochen waren, dauerte es nur wenige Stunden, bis die Sonne schon am Himmel sank. Trotzdem gingen Hamadi und Sefu auch noch, als sie bereits untergegangen war. Sie trotteten einfach durch die Dunkelheit und hörten ihre Schritte auf dem kargen Boden. Als es dann aber zu dunkel wurde, hielten sie doch an und schlugen ihr Lager auf. Sie tranken und aßen etwas und legten sich endlich hin. Hamadi war zwar erschöpft, doch er konnte noch nicht einschlafen. Stattdessen lag er mit offenen Augen auf dem Rücken und schaute in den Himmel. Er sah, wie schön die Sterne leuchteten. Winzige helle Pünktchen in der tiefen Schwärze, wie unerreichbar weit entfernte Kristalle. Doch so schön dieser Anblick auch war, er fand nicht den Trost darin, nach dem er sich eigentlich so sehr sehnte. Schließlich war er doch nur ein einfacher Mensch, der sich nichts mehr wünschte, als dass alles gut würde. Doch die Erfüllung dieses Wunsches erschien so unerreichbar wie die Sterne, die er betrachtete. Gleichzeitig spürte er, dass er den Tränen nah war. Vielleicht würde er noch weinen. Nur ein bisschen und leise, bis irgendwann der Schlaf käme.

Es folgte der zweite Tag, an dem Sefu und Hamadi alleine weiterzogen. Am Morgen setzten sie sich in Bewegung und da geschah es, dass Hamadi Dankbarkeit dafür empfand, dass sich Sefu noch an seiner Seite befand. Er war der einzige Gefährte, der ihm noch blieb. Azibo war verloren und Ahhotep lebte nicht mehr. Nun war es schon der zweite Tag mit diesem Zustand. Erst versuchte Hamadi noch an etwas anderes zu denken. Das gelang ihm jedoch nicht und so vergingen die Minuten und schließlich die Stunden. Das Gehen wurde so unfassbar eintönig. Ein Schritt folgte auf den anderen und es sammelten sich Tausende von Schritten, aber es schien kaum voranzugehen. Die trostlose Landschaft veränderte sich wenig und der Weg, der noch zu gehen war, schien ewig lang zu sein.

In dieser Monotonie bemerkte Hamadi gar nicht das Dorf, das rechts vor ihm aufgetaucht war. Inzwischen wurde es schon fast Abend und bald würden er und Sefu sich einen Rastplatz suchen und sich vom nicht aufhörenden Gehen befreien. Doch da drangen auf einmal Geräusche an Hamadis Ohr. Sie kamen zweifellos aus diesem

Dorf. Danach nahm seine Nase sogar einen Geruch wahr und spätestens jetzt war seine Aufmerksamkeit geweckt. Es wurde gesungen, auch Gelächter war zu hören und es lag ein Geruch von Feuer und gebratenem Essen in der Luft.

Natürlich hatte es auch Sefu bemerkt und sie beide schauten nach rechts zum Dorf und wurden dabei immer langsamer. Zweifellos musste dort ein Fest im Gange sein. Menschen kamen bei einer Feier zusammen und verbrachten eine gute Zeit miteinander. Es war wie eine schöne Erinnerung an ihre Heimat, aus der die beiden so etwas kannten. Auch dort gab es in jedem Jahr mehrere Feierlichkeiten und Zeremonien, meist zu Ehren einer Gottheit und immer als willkommene Abwechslung im Alltag.

Nun blieben sie beide stehen. Und so standen sie eine ganze Weile da, lauschten und dachten an Feste, die sie schon erlebt hatten.

»Was meinst du?«, fing Hamadi zu sprechen an, »wollen wir nicht mal hingehen und schauen?«

Sefu antwortete mit einem Seufzen.

»Ich bezweifle, dass das eine gute Idee ist«, sagte er, doch der gleiche Gedanke war ihm eben auch gekommen und er war dieser Sache nicht gerade abgeneigt. »Aber … ich denke, es ist nichts dagegen einzuwenden, wenn wir uns nur kurz aufhalten.«

Also gingen sie tatsächlich auf das Dorf zu.

»Vielleicht können wir uns heimlich etwas Essbares beschaffen«, sagte Hamadi.

Sie kamen den Häusern näher und behielten alles gut im Auge. Niemand war dort zu sehen. Nur die vielen Stimmen wurden lauter. Dann kamen sie an den ersten Häusern vorbei und spätestens jetzt lag eine gewisse Anspannung in der Luft. Das Risiko einer Gefahr war vorhanden, das wussten sie beide. Vorsichtig schlichen sie weiter und dann konnten sie schon zwischen Hauswänden einen freien Platz erspähen, auf dem das Fest gefeiert wurde. Viele Nubier saßen oder standen dort, einige in besonders auffällig festlicher Kleidung. Brennende Fackeln waren an mehreren Stellen in den Boden gesteckt und ziemlich genau in der Mitte des Platzes brannte ein Feuer. Dort sammelten sich die meisten Menschen. Sie waren alle beschäftigt und vertieft, sodass sie die zwei Fremden, die zwischen den Häusern in einiger Entfernung standen und das Treiben beobachteten, nicht bemerkten. So konnten die zwei Ausschau halten. Jetzt etwas Essbares zu finden, das sich gut erreichbar für sie in der Nähe befand, wäre ideal gewesen. So einfach sollte es jedoch nicht sein. Sie würden wohl den Standort wechseln müssen, überlegte sich Hamadi gerade. Doch da sah er plötzlich etwas, das ihn traf, wie ein Schlag. Unter all den Nubiern sah er jene, die er zuletzt vor über zwei Wochen gesehen hatte und zu dieser Zeit gehofft hatte, ihnen nie wieder begegnen zu müssen. Aber tatsächlich waren sie hier: die Verfolger! Hamadi erkannte ein paar der Gesichter unter ihnen, vor allem aber sah er ihren Anführer. Der grobschlächtige Kerl – groß, kräftig und mit seinen zerzausten Haaren – grinste von diesem Fest amüsiert vor sich hin.

Jetzt, da Hamadi ihn und den Rest seiner Bande entdeckt hatte, verblassten all die anderen Nubier als kleine unbedeutende Figuren. Er sah nur noch die Verfolger. Er sah sie wie ein Schaf, welches das Löwenrudel sieht. So war das Fest und jegliches Interesse daran völlig verflogen und er wollte nichts als meilenweit weg von hier. Hastig griff er nach Sefus Arm.

»Die Verfolger!«, stieß er hervor. »Wir müssen abhauen!«

Sofort wandte Hamadi sich um und lief fort, Sefu kam hinterher. Als sie wieder außerhalb des Dorfes waren, schaute er sich noch einmal um, als könnten die Verfolger plötzlich hinter ihnen herjagen.

»So ein Unglück!«, sagte Sefu.

»Hast du auch gesehen, dass sie dort waren?«, fragte Hamadi.

»Nun, als ich deinen Blick gesehen habe, das Entsetzen in deinen Augen, da war das nicht mehr nötig. Da wusste ich, dass es so war.«

Jetzt galt es, von hier zu verschwinden. Die beiden gingen schneller als bisher und noch mehrmals fiel ihr Blick auf das Dorf, das hinter ihnen immer kleiner wurde. Es herrschte Schweigen. Hamadi griff nach dem Mokrulus, den er im schwarzen Beutel trug, wie er es so oft tat. Er konnte nicht fassen, was er gesehen hatte. Dass dort tatsächlich die Verfolger waren – so unfassbar nah! Hätte einer von ihnen die zwei Ägypter gesehen, dann hätten sie jetzt ein riesiges Problem. So schrecklich töricht war es gewesen, überhaupt in dieses Dorf zu gehen. Es hätte furchtbar schiefgehen können. Dabei wusste Hamadi – und er war sich ganz sicher –, dass Ahhotep ihnen nicht erlaubt hätte, in das Dorf zu gehen. Wäre Ahhotep noch hier, sie hätte die Gruppe weitergeführt ohne diesen unnötigen Abstecher. Ganz gewiss.

An diesem Abend gingen sie noch weit, bevor sie sich erschöpft ein Nachtlager suchten.

KAPITEL 27

Der nächste Tag kam und die Reise nach Norden wurde fortgesetzt. Die Tatsache, dass sie gestern auf die Verfolger gestoßen waren, war nicht erfreulich, aber sie trieb sie wenigstens an, zügig voranzukommen. Allerdings hatten sie in dem Dorf nichts erbeuten können und inzwischen gingen ihre Wasservorräte wieder einmal zur Neige. Sie mussten sehr bald einen Brunnen finden. Doch am Abend, nach einer ermüdenden, langatmigen Wanderung durch die Wüste, sahen sie zum Glück schon die Lichter des nächsten Dorfes in der Ferne. Morgen, das beschlossen sie, würden sie in aller Frühe das Dorf betreten und seinen Brunnen aufsuchen.

Dafür weckte Sefu Hamadi, der gerne noch länger geschlafen hätte. Sie gingen durch die morgendliche Stille und Dunkelheit und näherten sich vorsichtig dem Dorf. Nichts und niemand schien dort zu sein zwischen den Häusern und sie fanden recht schnell den Brunnen. Als sie darauf zu gingen, holten sie schon die Trinkschläuche hervor. Was dann folgte, war eine gewohnte Routine. Ein Gefäß nach dem anderen füllten sie auf. In der Dunkelheit bemerkten sie nicht, dass sich jemand näherte. Irgendwann hörten sie die Schritte auf der anderen Seite des Brunnens und schauten erschrocken auf. Dort vor ihnen stand ein Mann und er starrte sie wohl ebenso verblüfft an wie sie ihn. Seine Konturen ließen ihn aussehen wie einen ägyptischen Soldaten. Ja, Sefu und Hamadi waren sich beide sicher, das war kein Nubier, sondern tatsächlich ein Ägypter.

»Wer ist da?«, fragte Sefu.

»Jemand, der sehr froh ist, euch zu sehen«, antwortete Azibo.

Hamadi und Sefu hatte es die Sprache verschlagen. Erst nachdem sie beide Azibo in die Arme geschlossen hatten und auch die eine oder andere Träne vergossen hatten, fanden sie wieder Worte.

»Du lebst!«, sagte Sefu immer wieder und seine Stimme zitterte dabei.

»Du bist wieder bei uns!«, sagte Hamadi und es war der erste Moment richtiger Freude, seit dem schrecklichen Morgen, als sie Firka verlassen hatten.

»Nun, …«, fing Azibo langsam an, »ich konnte entkommen und dachte, ich würde mich alleine nach Ägypten durchschlagen müssen. Doch jetzt habe ich euch gefunden, Horus sei Dank!«

»Aber wie ist es dir ergangen?«, fragte Sefu.

»Ja, wie bist du nur hierhergekommen?«, wollte Hamadi wissen.

Diese Fragen wollte Azibo ihnen gerne beantworten, doch zuerst füllte er seinen Wasserschlauch am Brunnen auf und danach verließ die wiedervereinte Gruppe schnell das Dorf, bevor sie noch Aufmerksamkeit auf sich ziehen würden. Sie liefen also nordwärts, beschwingt durch diese glückliche Zusammenkunft, und Azibo fing an, von seinen Erlebnissen zu berichten.

»Als ihr mit dem Boot auf dem Fluss wart und ich eine Überzahl von nubischen Kriegern gegen mich sah, ergriff ich die Flucht. Ich rannte so schnell meine Beine mich trugen durch die Stadt. Nach und nach konnte ich sie abschütteln, aber, glaubt mir, das hat gedauert. Ständig bog ich nach links oder rechts ab, um sie loszuwerden und schließlich war ich ziemlich nah am Rand der Stadt. Da fand ich ein Pferd. Ich überlegte nicht lange, band es los und stieg auf. Zum Glück ließ es sich gut reiten, also ritt ich mit ihm aus der Stadt, immer in der Nähe des Flusses und flussabwärts, also nach Norden. Ob die Nubier mich gesehen haben, wie ich davonritt, weiß ich nicht, aber es spielt auch keine Rolle, denn ich war schnell weg. Nach einer Weile trabte das Pferd langsamer dahin und so ging es mehrere Stunden weiter. Natürlich hoffte ich darauf, das nächste Dorf zu erreichen und irgendwann tauchte es dann vor mir auf. Da war es noch mitten am Tag, aber ich hielt trotzdem an und machte eine Pause. Ich musste mich einfach erst einmal erholen, nach all den Strapazen.

Als ich nach ein wenig Schlaf wieder aufwachte, war das Pferd verschwunden. Vielleicht war es zum Dorf gelaufen, oder sogar auf dem Rückweg nach Firka. Ich weiß es nicht. Aber nun brauchte ich es ohnehin nicht mehr. Viel wichtiger war es, jetzt ein Boot aufzutreiben. Also pirschte ich mich an das Dorf heran und hielt Ausschau. Ich sah gleich mehrere Boote, manche davon gerade in Benutzung und ich wusste, dass ich nur bis zum Abend zu warten brauchte. Bis dahin musste ich mich noch einmal verstecken und das tat ich auch. Geduldig hielt ich mich in der Nähe des Dorfes auf und tatsächlich, als der Abend kam, fanden immer mehr Boote zum Dorf zurück und wurden einfach am Ufer aus dem Fluss gezogen und stehen gelassen. Die Fischer, und wer da sonst noch war, verschwanden alle nach und nach und schließlich wurde es richtig dunkel. Dann habe ich mir heimlich ein kleines Boot geholt und den Rest könnt ihr euch ja denken. Gut war es, dass ich nicht gesehen wurde, niemand folgte mir und ich konnte in Ruhe den Fluss überqueren. Als das geschafft war, ließ ich das Boot zurück und entfernte mich vom Fluss. Aber ich ging nicht weit, denn ich wollte lieber das Tageslicht abwarten, um loszuziehen. Außerdem hoffte ich darauf, euch finden zu können und so lief ich eher ziellos in der Gegend umher und wusste nicht, wo ihr wart. Ich überlegte, ob ihr schon nördlich von meiner Position sein könntet, doch das hielt ich für unrealistisch. Wenn ihr den Fluss überquert habt und dann zu Fuß weitergegangen seid, dann konntet ihr noch nicht so weit gekommen sein, wie ich es war, denn schließlich war ich ein ganzes Stück geritten. So redete ich es mir ein, um meine Hoffnung aufrechtzuerhalten, euch doch noch zu finden. Ewig im Kreis zu gehen und Ausschau zu halten, konnte aber nicht die Lösung sein und so ging ich langsam weiter in Richtung Norden. Das war vorgestern. Viel Wegstrecke habe ich nicht zurückgelegt. Auch gestern nicht. Ich ging ohne jede Eile, doch war trotzdem unruhig, denn ich wusste nicht, ob ich euch jemals wiedersehen würde. Aber es war richtig, so langsam zu gehen, wie sich gezeigt hat. Denn heute Morgen hatte ich den gleichen Gedanken wie ihr. Und so haben wir uns am Brunnen in diesem Dorf wiedergefunden.«

Nachdem Azibo mit dem Bericht geendet hatte, schwiegen sie und waren froh und dankbar für dieses Glück nach dem Unglück.

»Nun sind wir wieder beisammen«, sagte Sefu. »Und nichts soll uns trennen, bevor wir nicht in Theben sind.«

»Ja«, stimmte Hamadi zu. »Jetzt können wir gemeinsam den weiten Rückweg bestreiten.«

»Aber erzählt mir doch«, sagte Azibo, »wie ist es euch ergangen? Was habt ihr seit unserer Trennung in Firka erlebt?«

Gerne erzählten Hamadi und Sefu von ihren Erlebnissen.

KAPITEL 28

Mit neuer Kraft ging es jetzt weiter. Ihr unverhofftes Aufeinandertreffen stärkte sie, doch trotzdem erschien der Weg bald wieder mühevoll, wie immer. Sie liefen und liefen und ihre Füße taten abends weh. Wann hatten sie sich überhaupt das letzte Mal so richtig erholen können? Das musste wohl in Swenu gewesen sein, als sie für kurze Zeit bei Kaibefer gewohnt hatten. Zu diesem Zeitpunkt war ihre Gruppe noch groß gewesen. So vieles hatte sich seitdem an ihrer Lage geändert. Es vergingen Tage. Wie weit sie vorankamen, ließ sich nicht messen. Sie mussten nur immer aufpassen, dass der Nil rechts von ihnen lag und dass sie sich nicht allzu sehr von ihm entfernten.

Nun waren sie schon vier Tage wieder zu dritt unterwegs. Felsige Hügel formten die Landschaft und zwangen sie manchmal bergauf, manchmal bergab zu steigen. Hier mussten sie wohl bald wieder die Stelle erreichen, an der sie von ägyptischen Kriegern aufgehalten worden waren und nur mit Glück gehen gelassen wurden. Hamadi schauderte es ein wenig, bei dem Gedanken daran und er hoffte, dass sie diese Region schnell hinter sich lassen würden. Unruhe lag hier in der Luft.

Bald kam jedoch der Abend und die Zeit, einen Platz zum Übernachten zu suchen. Den fanden sie am Fuße eines steilen Hügels.

Der folgende Morgen begann für Hamadi mit dem Geräusch von Schritten. Viele waren es und eilig erklangen sie auf dem harten Boden. Er brauchte eine Sekunde, bis er erschrocken hochfuhr und im Dämmerlicht der frühen Stunde einen ganzen Trupp Menschen sah, die den Lagerplatz schon fast erreicht hatten. Ebenso überrascht und entsetzt waren Sefu und Azibo. Überrumpelt konnten sie nur den Leuten entgegenschauen, die den Hang hinunterkamen und jede Fluchtmöglichkeit verhinderten, indem sie die drei Ägypter umzingelten. Diese standen nun da, vor keiner Minute hatten sie noch geschlummert, und konnten noch kaum begreifen, in was für eine Lage sie da geraten waren. Sefu und Azibo wollten zu ihren Schwertern greifen, doch das hatte keinen Zweck. Die anderen waren in der Überzahl, hatten ihrerseits Schwerter gezückt oder richteten gefährlich spitze Lanzen auf sie. Der nächste Gedanke, den die drei Unglücklichen hatten, war: ›Ägypter! Das sind Ägypter!‹

»Ihr bleibt jetzt besser ganz ruhig!«, sagte der eine, der sein Schwert noch nicht gezogen hatte. Er war ein Soldat. Sie alle waren Soldaten. Seine Kleidung und die Tatsache, dass er zuerst gesprochen hatte, verrieten, dass er der Ranghöchste unter ihnen war. Er stand ruhig und gefasst da und sein strenges Gesicht versprach nichts Gutes.

»Heute Morgen«, sprach er nun weiter, »kamen die zwei Soldaten, deren Aufgabe es war, die Gegend auszukundschaften, nach ihrem Kontrollgang zurück und erstatteten mir Bericht. Und es war traurig, was ich da hören musste. Nubier haben sie keine gesehen, aber dafür etwas, was bedauerlicher nicht sein kann: desertierte ägyptische Soldaten! Männer, die in der Wüste umherliegen, um sich vor dem Kriegsdienst zu drücken. Aber ich – Bascharu, Offizier in der ägyptischen Armee – werde das nicht zulassen.«

Inzwischen war genug Zeit verstrichen, sodass die drei nach dem abrupten Aufwachen begriffen hatten, was hier vor sich ging. Sie waren in die gleiche Situation geraten, die sie auf dem Hinweg schon einmal erlebt hatten. Damals war allerdings Ahhotep dabei gewesen und sie hatte zu erklären versucht, dass es sich um einen sehr wichtigen Auftrag handelte und sie weitergehen mussten. Nun war sie jedoch nicht mehr hier und Hamadi wollte jetzt nach ihrem Vorbild handeln, denn die Reise durfte nicht scheitern. Sie mussten unbedingt gehengelassen werden.

»Mein Herr, wir …«, setzte er mutig zum Reden an, doch Bascharu, der Offizier, ließ ihn gar nicht zu Ende sprechen.

»Schweig!«, fuhr er ihn an.

Umringt von Soldaten, die ihre Waffen auf die drei richteten und unter dem strengen Blick des Offiziers fühlte sich nicht nur Hamadi wie eine kleine Maus vor einer hungrigen Schlange.

»Wir werden euch nach Swenu bringen und dort werdet ihr euch für eure Taten verantworten müssen. Also haltet besser den Mund, denn eure Ausreden sind völlig wirkungslos. In Swenu könnt ihr ja bei unserem General eure Erklärungen vorbringen. Er wird entscheiden, was mit euch passiert. Und glaubt mir, der General wird genau wissen, wie er mit Deserteuren umgeht.«

Die drei schauten sich an, doch in ihren Augen lag das Glänzen eines Funkens. Ein Funken der Hoffnung, der in ihnen entfacht wurde, als sie Swenu hörten, den Namen der Stadt, die sie erreichen mussten. Und als die fremden Soldaten ihnen nun die Hände hinter dem Rücken mit Stricken zusammenbanden, ließen sie es schweigend geschehen und dachten an die riskante, aber bedeutende Möglichkeit, die sich ihnen gerade eröffnet hatte. Man nahm sie gefangen, weil man sie für Verweigerer des Kriegsdienstes hielt, aber sie wehrten sich nicht gegen diese falsche Anklage, denn die Gefangennahme versprach, sie weiterzubringen.

›Swenu!‹, dachte Hamadi und freute sich fast dabei. Sollte er bestürzt sein und sich über ihre Achtlosigkeit ärgern, wegen der sie in Gefangenschaft geraten waren, oder sollte er Freudensprünge machen?

Der Tross mit den drei Gefangenen bewegte sich auf den Nil zu. Es tauchten bald Häuser auf und je näher sie ihnen kamen, desto klarer sah man Pferde, Streitwagen und Soldaten. Diese Kleinstadt wurde von ägyptischen Streitkräften als Posten verwendet. Manche Soldaten sahen ihren Offizier Bascharu zurückkehren und beäugten misstrauisch die drei Gefangenen, die dieser hierherführte. Ohne Umwege wurden sie zum Nil gebracht, wo eine Anlegestelle war. Hamadi, Sefu und Azibo sahen hoffnungsvoll dem großen Schiff entgegen, das hier im Wasser lag. Es musste ein Gefährt für Zwecke des Militärs und des Transportes sein und Hamadi hatte derartige schon in seiner Heimat gesehen. Noch nie zuvor hatte er eines betreten, doch das sollte sich jetzt ändern, denn er und seine Gefährten wurden auf das Schiff geführt. Ein paar Soldaten waren zu sehen, die Kisten trugen und abstellten, und schließlich war da noch ein breitbeinig stehender Mann, der seine Arme in die Hüften stemmte.

»Was soll das werden?«, fragte er mit grollender Stimme und einer tiefen Falte zwischen den Augenbrauen.

»Ich sehe, du hast auf deinem Schiff noch Platz für drei weitere Mitfahrer, Harsadif«, sagte der Offizier und der Mann mit dem Namen Harsadif, der offenbar der

166

Kommandant des Schiffes war, wollte schon etwas erwidern, doch er kam nicht zu Wort.

»Ich bringe drei Gefangene«, sagte der Offizier sogleich. »Sie sind desertiert und haben sich in die Wüste verkrochen. Es ist schade, so etwas zu sehen, aber es ist nun mal passiert und sie haben es nicht anders gewollt. Jetzt müssen sie nach Swenu überführt werden, um dort vor den General zu treten. Der wird über ihr Schicksal entscheiden.

Dein Schiff, Harsadif, fährt heute nach Swenu und deswegen ist es deine Pflicht, diese Sache zu erledigen!«

»Dann muss es wohl sein«, brummte der Schiffskommandant ärgerlich vor sich hin.

Bascharu gab den Soldaten ein Handzeichen, woraufhin sie Hamadi, Sefu und Azibo in eine Ecke schoben, wie Vieh. Vor einer niedrigen Kajüte, die auf dem Heck des Schiffes aufgebaut war, standen sie hier. Zwei der Soldaten traten auf sie zu und zogen kurzerhand Sefu und Azibo die Schwerter aus den Scheiden.

»Sollen wir ihnen auch die anderen Sachen abnehmen?«, fragte einer der beiden den Offizier.

Hamadis Herz setzte einen Schlag aus, als er das hörte.

›Sie dürfen nicht den Mokrulus in die Finger bekommen‹, schoss es ihm durch den Kopf. Wenn sie den Schatz fänden, würden sie ihn garantiert konfiszieren und er würde ihn nie wieder sehen.

»Nein, lasst nur«, sagte Bascharu und Hamadi fiel ein Stein vom Herzen. »Ihre Waffen nehmen wir, aber an ihrem Gepäck vergreifen wir uns nicht.«

»Na, vielleicht können sie sich ja auf meinem Schiff ein bisschen nützlich machen«, bemerkte Harsadif und grinste hämisch. »Es gibt ständig was zu tun.«

»Ja, aber pass nur gut auf, dass sie an Bord bleiben und sich benehmen«, mahnte Bascharu und strafte die Gefangenen mit seinem strengen Blick.

Der Schiffskommandant, der jetzt neben ihm stand, schaute genauso streng und sagte langsam und betont: »Wenn sie klug sind, werden sie keinen Unsinn machen, weil jeder Fehltritt ihre Strafe nur verschlimmern wird.«

KAPITEL 29

Der Schiffskommandant Harsadif verdonnerte die Gefangenen gleich am ersten Tag dazu, das Deck zu wischen. Natürlich befolgten sie seinen Befehl, denn alles andere wäre unvernünftig gewesen. Dabei hatten sie aber eine gewisse Freude in ihren Herzen, denn sie spürten und sahen, wie sich das Schiff bewegte und sie wussten, sie reisten jetzt zügig nach Swenu. Am Abend bekamen sie sogar Verpflegung. Diese war zwar recht dürftig, aber immerhin mussten sie sich nicht selbst darum kümmern. Überhaupt merkten sie, dass sie sich nur ruhig verhalten und Anweisungen befolgen mussten, dann interessierte sich kaum jemand für sie. So saßen sie die meiste Zeit in ihrer Ecke und sprachen kaum ein Wort, sondern schauten nur, wie sich das Segel im Wind aufblähte und die Ufer links und rechts vorbeizogen.

Die Nacht war nicht sonderlich bequem, doch ihre Zuversicht stärkte sie. Im Laufe des nächsten Morgens, nachdem sie bereits eine Mahlzeit eingenommen hatten, besprachen sie sich leise. Nun kamen sie endlich auf das Thema ihrer Flucht zu sprechen.

»Wir müssen uns dringend überlegen, wie wir entkommen können, wenn das Schiff Swenu erreicht«, raunte Hamadi. »Wir brauchen einen Plan!«

»Das stimmt«, bestätigte Sefu. »Dieses Problem hat mich auch schon beschäftigt. Eines ist dabei besonders wichtig: Wir müssen *vor* Swenu das Schiff verlassen, denn wenn wir erst einmal in der Stadt sind, werden sie uns bestimmt wieder fesseln und uns abführen, sobald das Schiff angelegt hat. Dann zu entkommen, wäre zu kompliziert.«

»Aber auch das wird nicht leicht«, gab Azibo zu bedenken. »Wir können nicht einfach von Bord springen und wegschwimmen.«

Einer der Soldaten an Bord warf ihnen einen missbilligenden Blick zu und sie wurden stumm. Verstanden haben konnte er ihre Worte nicht, so leise wie sie gesprochen hatten. Trotzdem hielten sie sich noch mit dem Reden zurück und schauten einfach mit einem möglichst teilnahmslosen Blick in der Gegend umher. Dabei dachte Hamadi an Sefus Worte, dass sie unbedingt vor der Stadt entkommen mussten, und es kam ihm eine Idee.

»Ich glaube, ich weiß, wie es uns gelingen kann«, sagte er leise. »Bevor das Schiff Swenu erreicht, muss es doch den Katarakt passieren. Dort wird es Hektik geben. Denkt doch nur daran, als wir da durchfahren mussten. Überall sind Felsen, es gibt flache Stellen und die Strömung ist stark. Alle werden beschäftigt sein und aufpassen, dass das Schiff unversehrt durch diese tückische Stelle kommt, und das ist unsere Gelegenheit. Dann müssen wir vom Schiff klettern und uns auf die Felsen im Wasser retten.«

Mit gerunzelter Stirn schauten seine Gefährten ihn an.

»Da hast du eine waghalsige Idee, mein Freund«, sagte Sefu.

»Ziemlich gefährlich, ja«, raunte Azibo.

»Es ist der einzige Vorschlag, den ich habe«, meinte Hamadi.

»Aber ich muss sagen, ich finde ihn nicht schlecht«, sagte Sefu. »Zumal wir keinen anderen Plan haben. Ich meine, so unsicher und riskant es auch ist, haben wir eine andere Wahl?«

Die hatten sie nicht und das wussten sie. Für eine Minute gingen sie nochmal in sich und dachten nach. Aber es änderte sich nichts. Etwas Besseres fiel keinem ein.

»Wir werden es so machen«, sagte Sefu schließlich. »Wenn der Katarakt kommt, schauen wir nach einem geeigneten Felsen, an dem das Schiff möglichst nah vorbeifährt. Wir dürfen nur nicht zu auffällig Ausschau danach halten, sodass niemand Verdacht schöpfen kann.«

»Einverstanden«, sagte Azibo. »Wenn wir es dann auf einen Felsen geschafft haben, müssen wir uns schnell in Richtung Ufer vorarbeiten. Denn wenn wir nicht schnell genug wegkommen, dann erwischen sie uns vielleicht noch.«

»Du meinst, sie würden auf uns schießen?«, fragte Hamadi.

»Möglich wäre es, wenn sie sehen, dass sie uns anders nicht mehr bekommen.«

Nun kam ein Soldat mit strammen Schritten und einem ungemütlichen Gesichtsausdruck auf sie zu.

»Ihr hört jetzt gefälligst auf zu reden!«, ermahnte er sie. »Ihr seid immer noch Gefangene und habt Ruhe zu halten, verstanden? Sonst wird es hier sehr unbequem für euch.«

Was als Nächstes geschah, ging schnell und unerwartet vonstatten. Alles, was dazu gesagt werden muss, ist, dass der Soldat gerade noch sehr nah an der Reling gestanden hatte und im nächsten Augenblick auf den Planken lag. Wie aus dem Nichts surrte ein Pfeil durch die Luft und bohrte sich mit tödlicher Gewalt in den Hals des Soldaten. Für einen Moment standen nur Schmerz und das pure Entsetzen in seinen Augen, dann fiel er krachend auf den Boden. Der Kommandant Harsadif und alle anderen Soldaten auf dem Schiff schraken auf. Hamadi, Sefu und Azibo waren so überrumpelt von der Situation wie alle anderen auch. Sie kauerten sich auf den Planken zusammen, fanden dadurch guten Schutz, doch konnten nur das Deck sehen und nichts von dem, was außerhalb auf dem Fluss passierte. Denn dort hatte sich ein Boot, voll besetzt mit nubischen Kriegern, von hinten dem Schiff genähert und war dadurch nicht von den Ägyptern entdeckt worden. Von diesem Boot war der erste Schuss gekommen. Nun steuerten aus den Uferbereichen von links und rechts weitere Boote auf das große Schiff zu.

»Nubier!«, rief Harsadif. »Sie greifen uns an. Haltet die Augen offen und geht in Deckung!«

Schon irrte ein weiterer Pfeil durch die Luft, doch dieser fand kein Ziel. Jetzt griffen aber einige der ägyptischen Soldaten zu Pfeil und Bogen und machten sich bereit, Gegenwehr zu leisten.

»Schießt, sobald sie in Reichweite sind!«, befahl Harsadif. Mit hervorgestreckter Brust schritt der Kommandant über sein Schiff und sein Gesicht verriet keine Spur von Angst.

Nun wurden die ersten Pfeile auf die Nubier geschossen. Zwei Boote befanden sich parallel zum Schiff auf der rechten Seite, ein weiteres Boot war auf der linken Seite. So kam der Angriff von beiden Seiten und die Ägypter mussten furchtbar aufpassen, nicht getroffen zu werden. Doch die meisten Pfeile flogen entweder über das Deck hinüber oder blieben in den Planken stecken. Währenddessen wurde der Gegenbeschuss verstärkt und die ersten nubischen Krieger stürzten getroffen ins Wasser. Daraufhin erhöhten die Boote ihren Abstand zum Schiff, um es den Bogenschützen schwerer zu machen. Die Methode zeigte Wirkung. So fuhren die nubischen Boote und das ägyptische Schiff eine ganze Weile weiter flussabwärts, ohne dass die Nubier große Verluste zu verzeichnen hatten. Sie selbst verschossen aber weiter einen Pfeil nach dem anderen auf die Ägypter, ohne ernsthaft zu treffen, doch mit einem zermürbenden Effekt. Sie wollten es ihren Feinden so schwer wie möglich machen, so viel stand fest.

»Verdammt, das kann so nicht weitergehen!«, ächzte Harsadif verärgert. »Es wird Zeit, dass wir diese Lästlinge in die Flucht schlagen.« Er befahl dem Steuermann, scharf nach rechts zu lenken, also direkt auf die zwei Boote zu, die sich auf dieser Seite befanden. »Alle Bogenschützen haltet auf sie, sobald wir nah genug sind! Es soll ihnen eine Lehre sein, auf dass sie nie wieder einen Angriff auf uns wagen.«

Die Gegenoffensive zeigte ihre Wirkung. Mit angstverzerrten Gesichtern schauten die Nubier auf das große Schiff, mit dem sie es nicht aufnehmen konnten. Da blieb ihnen nur der Versuch, ans Ufer zu gelangen und den Fluss zu verlassen. Das taten sie nun, hektisch rudernd und schimpfend, jedoch nicht ohne ein paar ihrer Krieger unter dem feindlichen Pfeilbeschuss zu verlieren. Auch das einzelne Boot, das von der linken Seite angegriffen hatte, wurde von diesem Manöver abgeschreckt und zog sich zurück. So kehrte also wieder Ruhe ein.

Das Schiff konnte nun wieder ungestört seinen Kurs fortsetzen. Glücklicherweise waren außer dem ersten Soldaten, der gleich zu Beginn des Angriffs fiel, keine weiteren ums Leben gekommen. Verletzungen gab es nur wenige.

Hamadi, Sefu und Azibo atmeten auf.

»Das hätten wir überstanden«, sagte Azibo. »Wir können froh sein, dass das Schiff groß und die Besatzung wehrhaft ist.«

»Wohl wahr«, meinte Sefu. »Jedenfalls haben wir heute erfahren, wie gefährlich es ist, hier in Nubien auf dem Nil unterwegs zu sein.«

KAPITEL 30

Einen weiteren Angriff gab es zwar nicht, aber am nächsten Tag, als sie gerade an einem großen nubischen Dorf vorbeifuhren, schimpften einige Fischer lautstark auf sie, um ihren Unmut über die ägyptischen Eindringlinge und Feinde in ihrem Land kundzutun. Auch sammelte sich eine ganze Schar nubischer Krieger an der Anlegestelle des Dorfes. Sie zogen ihre Waffen, steckten sie symbolisch dem Schiff entgegen und brüllten in einem einschüchternden Ton. Es war zu befürchten, dass sie mit Booten auf den Fluss fahren und angreifen konnten, doch sie unterließen es. Nur gut, dass das ägyptische Schiff schnell genug unterwegs war, um schon bald wieder aus der Sichtweite der Nubier verschwunden zu sein.

Am Abend dieses Tages wurde den drei Gefangenen wieder etwas zum Essen gebracht. Dankend nahmen sie es an und stillten ihren Hunger. Auch die anderen Soldaten nahmen ihre Mahlzeit ein. Zwei von ihnen saßen auf Holzkisten ganz in der Nähe und schauten hin und wieder zu den dreien herüber. Einer von ihnen schien besonders Hamadi zu mustern.

Dann sprach er ihn an: »Sag mal, wo hast du eigentlich deine Soldatenkleidung? Und dein Schwert und sonstige Ausrüstung?«

175

Hamadi hatte schon erwartet, dass solch eine Frage früher oder später kommen könnte. Man hielt ihn für einen Soldaten, aber natürlich war er nicht gekleidet wie einer. Da er in Wirklichkeit nur ein Bauer war, sah er auch genau so aus. Kurz überlegte er, wie er antworten sollte.

»Nun ja«, sagte er dann, »die Wahrheit ist, dass ich gar kein Soldat bin. Aber das tut nichts zur Sache.«

Daraufhin schaute ihn der Soldat, der gerade von einem Stück Fladenbrot abgebissen hatte, nachdenklich an.

Als er heruntergeschluckt hatte, sagte er: »Aber vielleicht hast du ja nur deine Soldatenkleidung weggeworfen, nachdem ihr desertiert wart, um nicht als einer erkannt zu werden. Doch dann verstehe ich nur nicht, warum es dir deine zwei Freunde nicht gleichgetan haben.«

»Sie haben ihre Kleidung und Ausrüstung nicht abgelegt«, erklärte Hamadi, »weil sie nie desertiert sind. Aber wie gesagt, es tut nichts zur Sache.«

Nun meldete sich Sefu zu Wort: »Wir werden mit dem General in Swenu sprechen und unsere Situation erklären können.« Während er das sagte, wussten Hamadi, Azibo und er ganz genau, dass es dazu nie kommen würde.

»Die Göttin Ma'at kennt die Wahrheit«, sagte der Soldat, »soviel steht fest. Jedenfalls möchte ich nicht in eurer Haut stecken, um ehrlich zu sein.«

Schweigend aßen sie weiter.

Noch eine letzte Nacht sollten sie vor dem Erreichen von Swenu auf dem Schiff verbringen. Es war ein gespanntes Warten, das sie sich äußerlich nicht anmerken ließen.

Am Abend des nächsten Tages konnte die Stadt nicht mehr weit sein. Die Sonne ging unter und die Besatzung machte sich bereit für die Durchfahrt durch den Katarakt. Der Schiffskommandant Harsadif gab seine Anweisungen und Hamadi, Sefu und Azibo wussten, nun war der Moment gekommen. Sie blieben ruhig, standen an der Reling und schauten unauffällig in die Fahrtrichtung.

Es war schon recht dunkel und mehrere Fackeln wurden entzündet. Die Besatzung sammelte sich am Bug. Nur noch der Steuermann stand angespannt am Steuer und konzentrierte sich. Mit ihren Fackeln leuchteten die Soldaten nach vorne, um vor dem Schiff Licht zu machen. Harsadif schaute entschlossen in den Schein und gab die ersten Richtungsweisungen an den Steuermann.

»Leicht Backbord!«, rief er mit seiner kräftigen Stimme.

Die ersten flachen Stellen mit aus dem Wasser ragenden Felsen und stärkerer Strömung kamen näher. Nun war es an Harsadif, klug zu navigieren, sodass der Steuermann wusste, was er zu tun hatte, um das Schiff sicher und unversehrt durch den Katarakt zu bringen. Die Dunkelheit erschwerte alles, doch für die drei Gefangenen konnte die Situation kaum günstiger sein. Alle schauten konzentriert nach vorne und niemand beachtete die drei. Doch die Nervosität wuchs. Hamadi stellte sich vor, gleich über die Reling zu steigen und an der Schiffswand herab auf einen Stein zu klettern, und sein Herz pochte stark. Seine Hand griff nach dem Beutel und ertastete den Mokrulus, der sicher darin lag. Er spürte seinen Atem schneller gehen. Was, wenn er ins Wasser stürzte? Wie kalt würde das dunkle Nass sein?

»Seht ihr da vorne den großen Felsen, der die Form einer Kuppe hat?«, raunte Sefu und zeigte nur kurz und diskret in die Richtung.

Azibo und Hamadi bejahten.

»Das ist unserer!«, sagte Sefu.

Der besagte Felsen war vielleicht noch die doppelte Länge des Schiffes entfernt. Schon ziemlich nah also, und

sie näherten sich ihm eilig und würden links an ihm vorbei-
fahren.

Wieder rief Harsadif seine Anweisungen aus und der
Steuermann befolgte sie.

Ja, sie würden den Felsen direkt an der rechten Flanke
des Schiffes haben, wenn sie an ihm vorbeifuhren – das war
nun klar abzusehen.

»Wir dürfen nicht zögern!«, betonte Azibo.

»Du zuerst, Azibo!«, bestimmte Sefu. »Danach Hamadi
und ich komme zuletzt!«

Nur ein kurzes ›Ja‹ konnte Hamadi von sich geben, denn
inzwischen war es schon fast so weit. Der Felsen war auf
Höhe des Bugs und Azibo schwang sich beherzt, aber möglichst leise über die Reling, hielt sich noch fest und verschwand dann in der Dunkelheit. Hamadi stützte sich jetzt
ebenfalls auf der Reling ab und sprang darüber. Alles ging
sehr schnell, schon hing er an der Außenseite der Schiffswand und stieß sich ab. Gerade sah er noch, wie Sefu hin-
terherkam und im nächsten Moment spürte er den Stein
unter sich. Doch seine Füße wollten nicht richtig Halt finden. Er beugte sich nach vorne und streckte die Arme aus,
um sich mit den Händen am Felsen festzuhalten, da
rutschte er ab. In der Aufregung spürte er den Schmerz
kaum, doch er stieß sich und die Haut wurde am Stein auf-
geschrammt. Bis zur Hüfte tauchte er ins Wasser und hielt
sich gerade noch mit den Händen auf der Stelle. Dann
fasste Sefu ihn am Handgelenk und half ihm mit festem
Griff, sich wieder auf den Felsen zu ziehen.

Wie waghalsig die ganze Aktion doch war, dachte sich
Hamadi in jenem Augenblick. So etwas hätte er sich früher
nicht getraut.

Azibo war inzwischen schon auf den nächsten Felsen ge-
sprungen, hielt aber inne, um auf die beiden anderen zu
warten.

»Ist alles in Ordnung?«, fragte Sefu Hamadi, als dieser
fest auf dem Felsen stand. »Hast du dich verletzt?«

»Es geht schon, ich habe mich nur gestoßen.«

Einen Augenblick harrten sie noch aus und sahen dem
Schiff hinterher. Sie hörten wieder einen Ruf von Harsadif,
doch der galt nur dem Steuermann. Scheinbar waren die
Götter mit ihnen und niemand hatte ihre Flucht bemerkt.

»Wir haben es vom Schiff geschafft«, murmelte Sefu.

»Können wir jetzt weiter?«, fragte Azibo ungeduldig.
»Wir sollten uns beeilen, zum Ufer zu kommen.«

»Aber vorsichtig!«, erwiderte Hamadi, denn die Aufregung war groß und der Schrecken durch den Sturz ins Wasser saß ihm noch in den Knochen.

Von hier an das Ufer zu kommen, konnte beschwerlicher nicht sein. Sie mussten sich irgendwie von einem Felsen zum nächsten kämpfen. Schnell kam es dazu, dass sie
ein Stück schwimmend zurücklegen mussten, um den
nächsten Felsen oder die nächste flache Stelle zu erreichen.
In der starken Strömung und angesichts der Dunkelheit
war das ein gefährlicher Kraftakt. An manchen flachen Stellen wateten sie vorwärts, die Füße im reißenden Wasser,
vorsichtig einen Fuß vor den anderen setzend.

In der Ferne war das Schiff bereits verschwunden, während sich die drei nur danach sehnten, endlich an das rettende Ufer zu gelangen.

KAPITEL 31

Drei triefend nasse und prustende Männer kamen in der Nacht aus dem Wasser des Nils gestiegen und waren froh, endlich wieder den festen Boden des Landes unter ihren Füßen zu haben. Sie blieben beieinander stehen und atmeten durch.

»Das wäre überstanden«, sagte Sefu und rieb sich das Knie, auf dem er einen brennenden Kratzer spürte.

Hamadi war nicht der Einzige, der sich ein paar Schrammen zugezogen hatte. Doch trotz allem mussten sie sogleich weiterkommen. Die Stadt Swenu war jetzt nur noch einen Steinwurf entfernt und nachdem sie ihre kurze Pause beendet hatten, machten sie sich auf den Weg.

»Ich hätte gerne das Gesicht von diesem Harsadif gesehen«, sagte Azibo, »als er bemerkt hat, dass wir sein Schiff verlassen haben.«

»Bestimmt hat er gleich Soldaten in der Stadt aufgestellt, die uns auflauern sollen«, vermutete Hamadi besorgt.

»Sicher hat er das gemacht«, meinte Sefu. »Und wenn wir großes Pech haben, schickt er sogar Leute, die das Flussufer nach uns absuchen.«

»Solange wir uns vorsichtig bewegen, kriegen die uns nicht«, sagte Azibo.

Und so liefen sie weiter, jedoch nicht zu schnell. Eile konnte ihnen nicht helfen und war eher riskant. Sie verhielten sich ruhig und beobachteten aufmerksam die Gegend. In der Finsternis zu sehen, war schwierig, doch es leuchteten schon ein paar kleine Lichter in der Ferne. Das musste die Stadt sein. Nun kamen sie auf Wege, an denen sich links und rechts Felder erstreckten. Große Dattelpalmen ragten stolz in den Nachthimmel. Bald gingen sie an einem Bewässerungskanal entlang. Außer ihren eigenen Schritten hörten sie nur die Grillen zirpen.

Die Gegend war flach, doch gerade gingen sie auf eine Erhebung zu, deren Kontur sich deutlich abzeichnete. Aber das war kein Hügel. Je näher sie kamen, desto klarer erkannten sie es.

»Eine Hütte«, raunte Hamadi. »Das kommt mir bekannt vor! Solche Bauten werden tagsüber von Bauern oder Handwerkern benutzt. Wir könnten uns darin verstecken und ausruhen.«

»Das habe ich mir auch gerade gedacht«, sagte Sefu. »Warum sollen wir jetzt in die Stadt gehen, wenn doch die Soldaten nur darauf warten, uns dort wieder einzufangen. Nein, wir sollten hierbleiben und bis morgen früh ausharren. Wenn die Stadt wieder aufwacht, machen wir uns den Trubel zunutze. Zwischen den vielen Menschen, die dann unterwegs sind, gehen wir doch leicht unter.«

»Hm, ihr habt recht«, fand Azibo. »Machen wir es so!«

Die Hütte war ein einfacher Bau aus Lehm mit einem Vordach aus Schilf, unter dem Hocker standen. Hier saßen wohl tagsüber Menschen und arbeiteten mit Papyrus, Schilf oder anderen Naturmaterialien, um daraus etwas herzustellen. Man sah noch eine Sichel und andere Werkzeuge herumliegen. Im Inneren war es stockdunkel, doch der Platz reichte aus, sodass sich die drei dort ausbreiten konnten.

Neben der Tür entdeckte Hamadi einen Korb und einen Tonkrug. Er schaute, was sich darin befand und präsentierte den anderen seine Entdeckung.

»Möchte jemand etwas Brot und Datteln?«, fragte er zufrieden.

»Hervorragend!«, sagte Sefu. »Wie hast du das denn gefunden, mein Freund?«

»Ich kenne das von zuhause, wo wir auch oft ein bisschen Verpflegung in so einer Hütte aufbewahren, zur Stärkung für zwischendurch.«

»Oh, das ist sehr gut«, lobte Azibo.

Auf diese Weise hatten sie sogar noch ein Abendessen und konnten sich dann gesättigt zur Ruhe legen. Einer von ihnen blieb allerdings wach. Schließlich konnten immer noch Soldaten kommen, die nach ihnen suchten. So wechselten sie sich im Verlauf der Nacht mit dem Wachbleiben und Aufpassen ab.

Alles blieb ruhig und schließlich graute der Morgen. Sie packten die Reste des Brotes und der Datteln ein und brachen dann eilig auf, noch bevor die ersten Bauern auf die Felder kamen. Die meisten Menschen standen nun auf und langsam wurde die Stadt belebter. Sehr vorsichtig betraten die drei Swenu. Sie begegneten keinen Soldaten, und wenn sie doch welche entdeckten, dann bogen sie schnell um die nächste Hausecke und gingen einen anderen Weg. So kamen sie immer weiter voran und die frühe Sonne stieg am Himmel. Sie mussten nur noch zum Fluss gelangen und sich dort irgendwie ein Boot beschaffen.

Gerade blieben sie stehen und schauten in eine Gasse, die sich schnurgerade in eine Richtung erstreckte. Am Ende der Gasse winkte ihnen ein weißes Segeltuch entgegen.

»He, da hinten ist ein Segelboot«, sagte Sefu.

»Ja, worauf warten wir noch?«, erwiderte Azibo. »Da ist der Nil und da müssen wir hin.«

»Warte«, hielt Sefu ihn zurück. »Wir wissen noch gar nicht, wie wir an ein Boot kommen sollen. Wir sind in einer ägyptischen Stadt. Hier können wir uns nicht einfach still und heimlich ein Boot wegnehmen, so wie in dem nubischen Dorf. Wir würden jedenfalls sofort dabei entdeckt werden, denn überall sind hier Menschen unterwegs.«

Eben in diesem Moment musste er zur Seite treten, um einem Mann Platz zu machen, der seinen mit Ballen bepackten Esel durch die Gasse führte.

»Aber kaufen können wir uns auch keines«, wandte Hamadi ein.

Sie schauten nachdenklich zu Boden. Wieder einmal musste ein Plan her. Ein Einfall war gefragt.

Azibo stöhnte und sagte: »Wir können nicht länger herumstehen, dafür haben wir keine Zeit. Denkt daran, für diesen Harsadif sind wir immer noch entlaufene Gefangene. Also los jetzt! Ich weiß, wie wir es machen können.«

Hamadi und Sefu folgten ihm natürlich, obwohl sie sich unsicher waren. Noch im Gehen fragte Hamdi: »Was hast du denn jetzt vor?«

»Nun ja«, setzte Azibo an, »wir sind immer noch in einer königlichen Mission unterwegs, das dürfen wir nicht vergessen. Außerdem sind Sefu und ich Soldaten und damit gewisse Respektspersonen, nicht wahr?«

»Aber was genau meinst du denn damit?«, fragte Sefu. »Was ist dein Plan?«

»Du wirst schon sehen. Bleib einfach neben mir und nimm Haltung an, so wie es sich für einen Soldaten gehört!«

Und dann traten sie auch schon aus der Gasse heraus und standen am Anlegeplatz. Menschen liefen umher, redeten, trugen Kisten, rollten Fässer, stiegen in Boote und belebten die ganze Umgebung. Da mussten sie sich erst einmal umschauen und Azibo musste zusehen, wie er seinen Plan umsetzen konnte. Doch das gelang ihm, denn schon hielt er auf ein ganz bestimmtes Boot zu, an dem zwei Männer standen. Der jüngere dieser beiden Männer (er war wohl der Sohn des anderen) lud gerade ein Fangnetz in das Boot. Azibo trat mit herausgestreckter Brust auf den Älteren zu.

»Dem König zum Gruße, werter Herr«, sagte er und der Mann schaute ihn mit großen Augen an. »Liege ich richtig in der Annahme, dass Ihr Fischer seid?«

»Ja …«, antwortete er noch ein wenig überrascht.

»Dann ist das hier sicherlich Euer Boot.«

»Das ist es, ja.«

»Nun, wir haben einen Befehl, für dessen Befolgung wir dieses Boot dringend benötigen. Es wird kein Aufschub geduldet. Ihr werdet es später zurückerhalten. Aber nun danken wir euch für die Kooperation mit den staatlichen Instanzen.«

Noch während er das sagte, ging er auf das Boot zu und band es los. Sefu und Hamadi drängte er mit einem auffordernden Blick, einzusteigen, und die beiden Fischer standen da und sahen mit gerunzelter Stirn zu. Auch als Azibo das Fangnetz nahm und es vor ihre Füße legte, sagten sie nichts, denn sie sahen, dass es Soldaten waren, und wenn die nur ihre Befehle befolgten, hatte das schon seine Richtigkeit.

Um weiterhin den Schein zu wahren, sagte Azibo, als er selbst einstieg, noch an seine Gefährten gewandt: »Vorwärts jetzt! Der Offizier duldet keine Verzögerungen!«

Und damit griffen sie zu den zwei Rudern, die sich im Boot befanden, stießen sich von der Anlegestelle ab und fuhren eilig los. Sie konnten wohl die verwirrten Blicke der zwei Männer im Rücken spüren, doch sie drehten sich nicht um, beschleunigten nur ihre Fahrt. Es dauerte eine Weile, bis wieder jemand sprach.

»Ich muss schon sagen, Azibo«, sagte Sefu, »du hast uns in Windeseile zu einem Boot verholfen. Das ist wahrlich beachtlich!«

»Ich habe getan, was getan werden musste.«

»Bedauerlicherweise haben wir diesen Fischerleuten ihr Boot genommen. Sie wissen noch nicht, dass sie es nie wiedersehen werden.«

»Das war leider nötig«, erwiderte Azibo. »Die Umstände erfordern nun mal solche Maßnahmen.«

»Das stimmt wohl«, murmelte Sefu und seine Stimme drückte Bedauern aus.

Auch Hamadi fühlte sich irgendwie schuldig, weil sie Unrecht getan hatten. Doch zugleich empfand er eine tiefe Dankbarkeit. Sie hatten jetzt tatsächlich ein Boot und waren auf dem Weg, die Stadt flussabwärts zu verlassen.

KAPITEL 32

Zu ihrer Linken erstreckte sich eine langgezogene Insel, die Teil der Stadt und daher auch bebaut war. Viele solcher kleinen und großen Inseln gab es hier, die mitten im Nil lagen und den Blick auf das andere Ufer verdeckten. Zu ihrer Rechten sahen sie eine Front aus Hauswänden, hier und da gab es eine Gasse oder eine breitere Straße und überall waren Menschen zu sehen. Auf dem Nil waren etliche Boote und auch ein paar Schiffe unterwegs, viele davon mit weißen Segeln, die in der Morgensonne erstrahlten. Da der Fluss so riesenhaft breit war, verteilte sich der darauf befindliche Verkehr gut.

Doch wenn sie nach vorne schauten, erblickten sie den offenen Lauf des Nils, der sie geradewegs aus der Stadt heraustrug. Das war der Weg, den sie nun vor sich hatten. Der letzte Abschnitt der gesamten Reise. Von hier würde sie der Fluss bis nach Theben tragen. Bis nach Hause.

Die letzten Häuser hatten sie schon hinter sich gelassen und nun waren es nur noch Felder, die sanft an ihnen vorbeizogen. Gemächlich ruderten sie, genossen die Stille und es kehrte eine tiefe Ruhe ein. Es war das erste Mal seit langem, dass sie solch eine Zufriedenheit empfanden.

Nach einer Weile seufzte Hamadi und sagte: »Wir haben Swenu hinter uns gelassen und damit auch Harsadif, diesen

186

strengen Schiffskommandanten, der uns eigentlich zum General bringen sollte.«

»Und der wiederum sollte uns bestrafen, weil wir doch Deserteure sind«, fügte Sefu grinsend hinzu.

»Dabei bin ich nicht mal Soldat«, sagte Hamadi lachend. »Als wir gestern noch auf dem Schiff waren, habe ich mir nichts sehnlicher gewünscht, als dass unsere Flucht gelingen würde. Ich habe dafür gebetet. Und nun sind wir hier …«

»Jetzt stellt sich uns nichts mehr so leicht in den Weg«, sagte Sefu.

»Das möchte ich auch meinen«, bekräftigte Azibo.

Sefu war der Erste, der ein Lied anstimmte. Gleich sang Hamadi mit ihm und dann auch Azibo. So sangen sie heiter vor sich hin und es war ein fröhliches Lied, das ihre Ruderschläge bekräftigte. Daher glitten sie mit dem Boot so wunderbar schnell voran. Das war nicht nur heute so. Auch am darauffolgenden Tag ging die Fahrt zügig voran. Zu wissen, dass die Reise nun fast geschafft war, stimmte sie freudig.

Einmal dachte Hamadi an Baniti, den Schreiber, und an die anderen Leute, deren Auftrag die Goldexpedition war. Vor Wochen, in den ersten Tagen der Reise, hatte er sie kennengelernt. Viele kaum oder nur sehr oberflächlich, aber mit Baniti hatte er eigentlich schon Freundschaft geschlossen, bevor sie sich dann trennen mussten. Jetzt dachte er daran, wie es dem Schreiber und den anderen aus seiner Gruppe ging. Womöglich waren sie noch in Nubien unterwegs. Aber vielleicht waren sie auch schon längst zurückgekehrt. Ob sie wohl auch eine schwierige und herausfordernde Zeit in dem fremden Land gehabt hatten? Doch sicher hatte Menes, als Leiter der Expedition, seine Aufgabe gut gemacht und dafür gesorgt, dass sie den Auftrag erledigen konnten.

So dachte Hamadi über verschiedene Dinge nach. Hauptsächlich waren es Erinnerungen an die vergangenen Wochen und was er alles erlebt hatte, in dieser Zeit.

An jedem dieser Tage rückte das ersehnte Ziel näher, das fühlten sie alle. Einmal rasteten sie abends in der Nähe eines großen Dorfes. Dort fragten sie, wie weit es von hier bis nach Theben war und erhielten eine erfreuliche Antwort. Außerdem versorgten sie sich mit Vorräten. Ihr Nachtlager hatten sie immer unter freiem Himmel, denn für eine Herberge fehlten ihnen die Mittel. Doch das war nicht schlimm. Sie waren es ohnehin gewohnt und so konnten sie näher bei ihrem Boot bleiben, das sie jedes Mal an Land zogen, sodass es nicht forttreiben konnte. Dieses Boot, das nicht ihnen gehörte, hüteten sie so gut wie eine Henne ihr Ei. Es trug sie immer weiter flussabwärts in nördliche Richtung.

An einem anderen Tag schaute Hamadi in Gedanken an das grüne Ufer. Die warmen Sonnenstrahlen glitzerten auf dem sich bewegenden Wasser. Da fiel ihm etwas ein, was er seine zwei Gefährten unbedingt fragen musste.

»Sagt mal«, durchbrach er die Stille, »wisst ihr eigentlich, was ihr machen werdet, wenn das hier zu Ende ist? Wenn wir wieder zurück in Theben sind, meine ich.«

Sie antworteten nicht sofort.

»Zuallererst brauchen wir neue Schwerter«, sagte Azibo scherzhaft. »Unsere wurden uns ja auf dem Schiff weggenommen.«

»Stimmt«, sagte Sefu lächelnd. »Aber was danach kommt … ist ungewiss. Wir sind Soldaten und besonders in solchen Zeiten kann man uns schnell abkommandieren. Vielleicht geht es für uns sogar zurück nach Nubien.«

»Puh«, kommentierte Azibo diese Möglichkeit.

»Ihr meint, dass ihr dort eingesetzt werdet, um gegen nubische Streitkräfte zu kämpfen?«, fragte Hamadi.

»Das könnte passieren«, sagte Sefu. »Vielleicht werden wir auch in einem Dorf stationiert. Das wäre mir jedenfalls lieber als unmittelbar an der Frontlinie im Einsatz zu sein.«

Er schwieg einen Augenblick. »Um ehrlich zu sein«, fuhr er fort, »hoffe ich, dass dieser Konflikt bald ein Ende findet.«

»Das hoffen wir doch alle«, sagte Azibo. »Auch unser König. Die Nubier sollen den Widerstand aufgeben, sodass er den ganzen Norden des Landes in seiner Hand hat. Mögen die Götter das Schicksal dahin lenken.«

»Der Mokrulus …«, murmelte Hamadi. »Genau für diesen Zweck sollte ich ihn doch holen. Unser König will ihn zerstören, um die Nubier zu schwächen, ist es nicht so?« Ihm wurde bewusst, was für einen wertvollen, aber auch mächtigen Gegenstand er die ganze Zeit in dem schwarzen Beutel mit sich herumtrug.

»Ja, so wurde es doch erklärt«, bestätigte Sefu. »Dann wird die nötige Wendung vielleicht bald kommen. Denn denkt daran, es ist nicht mehr weit bis nach Theben.«

Damit hatte er sehr wohl recht, wenn sie auch nicht wussten, wie nah sie schon waren oder an welchem Tag sie dort ankommen würden. In gespannter Erwartung schauten sie voraus und hofften, bald die groß aufragenden Gebäude der Stadt zu sehen.

KAPITEL 33

Es war an einem schönen Vormittag. Sie waren am Morgen aufgebrochen und ruderten nun gleichmäßig vorwärts, da zeigte sich in der Ferne der Ort, nach dem sie sich sehnten. Die hinter Palmen aufragenden Gebäude und eine Vielzahl an Schiffen und Booten auf dem Fluss ließen keinen Zweifel. Das war Theben! Hamadi erinnerte sich an den Tag des Aufbruchs, als er auf dem Schiff gestanden und zurückgeschaut hatte. An diesem Tag war das, was er jetzt sah, immer kleiner geworden und irgendwann aus seinem Blickfeld verschwunden. Heute konnte er dabei zusehen, wie die Stadt wieder größer zu werden schien. Sie alle genossen diesen Anblick mit einem Lächeln auf den Lippen, aber ohne ein Wort zu sagen. Zufrieden und erleichtert schauten sie zur Stadt hinüber und glitten sanft dahin, an dem Hafen vorbei, der den großen Schiffen vorbehalten war. Dahinter kamen irgendwann Anlegestellen für Boote und darauf steuerten sie zu. An einer freien Stelle legte sie schließlich an, stiegen aus ihrem Gefährt, das sie von Swenu bis hierher getragen hatte, und banden es fest. Was nun aus dem Boot werden sollte, wussten sie nicht. Hier befand es sich jetzt, aber niemand würde zurückkommen, um es zu benutzen.

Einen Moment standen sie da und schauten sich um. Dann legte Sefu eine Hand auf Hamadis Schulter und die andere auf Azibos Schulter.

»Wir sind da!«, sagte er langsam.

Nun tat Hamadi es ihm gleich und legte seine Hände auf die Schultern von Sefu und Azibo. Schließlich tat Azibo das auch und so standen sie in einem Dreieck beieinander und schauten sich an.

»Jetzt haben wir es geschafft«, sprach Sefu. »Nach all den Anstrengungen, Gefahren und sogar dem Verlust von Ahhotep – Anubis möge ihren Frieden sichern – sind wir zurückgekehrt. Wir können stolz sein auf unsere Leistung. Selbst für Soldaten wie uns, Azbio, war das eine respektable Tortur. Aber du, Hamadi, hast noch mehr Stärke bewiesen. Jetzt bleibt dir nur noch das Letzte zu tun. Also geh und bringe dem König, wonach er verlangt hat. Wir sind an deiner Seite.«

Mit diesen Worten machten sie sich auf den Weg zum Palast des Königs. Hamadi ging in der Mitte, Sefu und Azibo rechts und links von ihm.

›Es ist geschafft‹, dachte Hamadi. Und so war es. Er hatte den Berg erklommen, der größer war als die höchste Pyramide, die er kannte. So schritt er durch seine Heimatstadt Theben, als ein veränderter Mensch. Es war ein erhebender Moment. Aber wäre doch nur Ahhotep noch bei ihnen. Das wünschte er sich. An sie dachte er, als er zum Königspalast ging. Mit ihr wäre all das hier wahrlich wunderbar. Doch er musste ohne sie dem König gegenübertreten und so langsam verspürte er ein wenig Nervosität bei dem Gedanken daran. Nach allem, was er durchgemacht hatte, und obwohl es gar keinen Grund dafür gab – die anstehende Begegnung mit Mentuhotep II. flößte ihm doch Respekt ein. Er brauchte wieder einmal Mut. Da erinnerte er sich an die Worte von Ahhotep. Sie hatte doch gesagt: ›Mut bedeutet nicht die Abwesenheit von Angst. Mut ist es, wenn wir mit der Angst weitergehen.‹

Es dauerte nicht lange, dann hatten sie den Palast erreicht, standen gerade vor einem Tor und warteten. Eben hatten sie mit einem Diener gesprochen und ihm gesagt, dass sie jenen Schatz bringen, den der König zu finden befohlen hat. Den Mokrulus direkt erwähnen wollten sie nicht, schließlich war es doch eine geheime Sache. Aber irgendwie mussten sie ihr Anliegen vorbringen.

Es verging eine Weile, bis sich schließlich eine kleinere Tür neben dem großen Tor öffnete. Ein Mann von kleinem Wuchs, aber mit großen Augen und in edlen Gewändern gekleidet, trat heraus und kam mit offenen Armen auf sie zu. Sie hatten ihn vor Beginn ihrer Reise kennengelernt. Es war Demedj, der Gelehrte, der alles erklärt hatte, was über den Mokrulus zu wissen war.

»Amun-Re sei Dank, ihr seid zurück!«, sagte er begeistert. »Ich darf euch herzlich willkommen heißen! Willkommen zurück in Theben! Es ist schön, euch wiederzusehen. Aber ihr wart doch zu viert. Sagt mir, wo ist eure Anführerin?«

»Ahhotep«, sagte Sefu bedauernd, »ist in einem nubischen Dorf ums Leben gekommen, als wir vor nubischen Kriegern fliehen mussten.«

Demedj senkte den Kopf und sagte: »Es betrübt mich sehr, das zu hören. Doch gewiss hat sie ihre Aufgabe, soweit sie konnte, gut erfüllt. Denn ihr habt doch trotzdem den Auftrag erledigt und den Schatz gefunden, richtig?«

»Ja«, antwortete Hamadi, »ich habe ihn bei mir.«

»Gut! Das wird unser göttlicher Gebieter mit äußerster Freude vernehmen. Ich werde es ihm gleich mitteilen. Doch erst möchte ich euch bitten, mir zu folgen.«

Er führte sie durch die Tür, durch die er eben gekommen war und schließlich in einen Vorhof auf dem Gelände des Palastes. Hier fragte er Hamadi, wo genau in Theben das Haus stand, in dem er mit seiner Familie wohnte und Hamadi nannte es ihm. Dann ließ er sie wieder allein und sie sollten warten.

Da standen sie also und waren sich sicher, dass sie in Kürze den Pharao treffen würden. Es war ein ruhiger Platz umgeben von Fassaden, sodass nicht zu sehen war, was hinter den Gebäuden lag. Hier und da gab es Türen, eine davon war auffällig groß und neben ihr stand ein Wachsoldat, der stur geradeaus blickte. Durch diese Tür war Demedj eben verschwunden. In der Mitte des Platzes war eine schmale Terrasse, in die ein Beet mit Blumen und kleinen Ziersträuchern eingelassen war. Hamadi schaute geistesabwesend auf das schöne Grün. In Gedanken war er bei seiner Familie. Seine Mutter Rehema und seine Schwestern konnten noch nichts davon ahnen, dass er heute zurückgekehrt war. Doch vielleicht würden sie eine Nachricht erhalten. Das, so vermutete er, konnte der Grund gewesen sein, warum Demedj ihn eben nach dem Haus seiner Familie gefragt hatte. Auch an Unas dachte er, der irgendwo in diesem Palast in einer Zelle saß. Heute musste er freikommen.

Er griff nach dem schwarzen Beutel und erfühlte den Mokrulus, der sich darin befand. Dieses Ding war es, was er holen sollte. Jetzt stand er hier und hatte es bei sich. Nun musste der König sein Versprechen einlösen!

Im nächsten Augenblick öffnete sich die große Tür und Hamadi, Sefu und Azibo schauten gespannt in ihre Richtung. Mehrere Personen kamen heraus, darunter einige Palastangestellte, der Gelehrte Demedj, ein paar Wachen und nicht zuletzt Pharao Mentuhotep II., der sogleich vor die anderen trat und die drei Ankömmlinge beäugte. Diese knieten sich nieder und senkten die Köpfe.

»Erhebt euch«, sagte er und sie gehorchten. Ehrfürchtig schauten sie den König an und sahen, dass ein sanftes Lächeln auf seinen Lippen lag.

»Ich bin außerordentlich froh, dass ihr zurückgekehrt seid«, sagte er. »Fünfzig Tage hat eure Reise gedauert. Eine Zeit, in der ich immer wieder an euch gedacht habe. Ich hörte bereits, dass ihr eure Aufgabe erfüllt habt. So möchte ich dich, Hamadi, nun bitten, mir den schwarzen Beutel zu überreichen.«

Also zögerte Hamadi nicht, holte den Beutel hervor und ging damit langsam und mit klopfendem Herzen auf Mentuhotep zu. Er senkte den Kopf, als er ihn nach vorne hielt und der König ihn entgegennahm. Ehrfürchtig wich Hamadi um ein paar Schritte zurück, während Mentuhotep den Mokrulus aus dem Beutel hervorholte, ihn förmlich enthüllte, wie eine Statue, deren Anmut unter einem Tuch verborgen war. Das Gold blitzte in der Sonne auf.

»Ein Schatz ist es ohne Zweifel«, sprach der König langsam. »Aber auch eine ungeahnte Macht, die Irdisches übersteigt.«

Er betrachtete den Mokrulus von allen Seiten. Dann fügte er hinzu: »Die Götter haben es zugelassen, dass dieses Stück durch dich, Hamadi, in meinen Besitz gelangt. Nun wird sich das Schicksal zu unseren Gunsten wenden.«

Als Nächstes verbarg er den Mokrulus wieder in dem schwarzen Beutel und gab ihn an Demedj, dem er befahl, ihn tiefer in den Palast zu bringen, an den Ort seiner Verwahrung.

»Ich möchte mich bei euch erkenntlich zeigen«, sagte er lächelnd an die drei gewandt. »Daher lade ich euch jetzt ein, auf ein ansehnliches Mahl hier in meinem Palast.«

Daraufhin führte er sie in einen angrenzenden Raum und die ganze Dienerschaft folgte. Ein großer Tisch mit nur drei Stühlen stand hier und Hamadi, Sefu und Azibo wurden gebeten, daran Platz zu nehmen. An einem Ende des Raumes war der Fußboden mit einer Stufe erhöht. Darauf stand ein gepolsterter Stuhl, auf den sich der Pharao setzte, während sich die Dienerschaft um ihn herum auf Kissen niederließ. Im nächsten Moment kamen schon weitere Frauen und Männer herbei, die drei Teller auf dem Tisch platzierten, sowie Schalen mit unterschiedlichem Essen, wie Brot, Salat, Hühnereiern und Feigen.

»Greift zu«, sprach der König, »und sättigt euch, nach eurer anstrengenden Reise!«

Dieses Angebot nahmen die drei gerne an, denn so eine vielfältige und ausgiebige Mahlzeit war ihnen schon lange nicht mehr vergönnt gewesen. So aßen sie schweigend, während eine sanfte, aber fröhliche Musik angestimmt wurde. Zwei Dienerinnen – eine spielte auf der Harfe, die andere auf einer Flöte – erfüllten den Raum mit wohligem Klang. Getränke wurden in Krügen hereingetragen. Neben frischem Wasser gab es Bier und sogar Wein. Später wurde noch ein großer Teller mit frisch zubereitetem Fisch serviert, der die Hauptspeise des Festmahls darstellen sollte. Es war wirklich ein königlicher Schmaus.

Am Ende schafften die drei gar nicht alles, doch sie vermuteten, dass sich gewiss die Dienerinnen und Diener an den Resten gütlich tun würden. Sie lehnten sich zurück und sahen alle ein bisschen nachdenklich aus. Nur kurz schaute Hamadi zum König herüber und sah, dass dieser zufrieden lächelte. Möglicherweise war es für ihn eine entspannte Zeremonie, die er nutzte, um sich von seinen alltäglichen Pflichten und Geschäften freizumachen, dachte er sich. Und noch etwas anderes ging ihm durch den Kopf. Da überlegte er nicht lange und fasste Mut, um es anzusprechen.

»Vielen Dank für dieses großzügige Mahl, mein Gebieter«, setzte er an und Mentuhotep nickte ihm freundlich zu. »Da wäre noch eine Sache, die ich ansprechen möchte. Es betrifft Ahhotep, die leider nicht mehr hier bei uns sein kann. Sie hat uns auf unserer Reise angeführt und ohne sie hätten wir das nicht geschafft. Jetzt wünschen wir uns, dass sie friedlich und ... nun ja, würdevoll ...« An dieser Stelle stockte er und wusste nicht, wie er es weiter ausdrücken sollte, was auf seinem Herzen lag. Auch die Musik spielte nicht mehr weiter und Stille trat ein.

Doch dann sprach der König: »Ihr wünscht, dass ich sie segne. Das verstehe ich gut. Der Kummer ist begreiflich. Es ist umso bedauerlicher, dass ihr Körper in Nubien geblieben ist. Ist es nicht so?«

Alle drei nickten.

»Ja, mein König«, sagte Sefu. »Es war in einem Dorf auf der Flucht vor nubischen Kriegern. Ahhotep wurde von einem Messer getroffen, dessen Klinge vergiftet war. Wir konnten nichts mehr für sie tun und mussten schnell fliehen, um nicht selber getötet zu werden.«

Wieder ein Moment der Stille.

»Dann werde ich gleich morgen«, sagte der König, »eine Zeremonie durchführen, zusammen mit einem Totenpriester.«

Das zu hören erleichterte die drei.

»Die Götter werden Ahhotep gut gesinnt sein und Anubis wird ihre Seele ehrenvoll ins Reich der Toten führen. Wieso sollte es nicht so sein, da sie doch einen großen Dienst für unser Reich geleistet hat.«

Dafür bedankten sich die drei bei ihrem König.

Nun machte sich ein Diener bemerkbar, der soeben den Raum betreten hatte und er sagte: »Mein Gebieter, ich bin beauftragt, Euch mitzuteilen, dass die Familie am Palasttor angekommen ist.«

»Gut«, antwortete Mentuhotep. »Dann führe sie in den westlichen Garten.«

Der König erhob sich von seinem Platz.

»Nun, Hamadi«, sagte er, »du wirst dich wohl danach sehnen, deine Familie wiederzusehen. Ich ließ sie hierherkommen und jetzt ist sie da. Ihr könnt den Nachmittag gemeinsam in einem Garten des Palastes verbringen.«

Diese Ankündigung ließ Hamadis Herz in froher Erwartung höher schlagen. Der Pharao wollte sich unterdessen zurückziehen und eine Dienerin sollte Hamadi zum besagten Garten führen. Sefu und Azibo stand es frei, mitzukommen, und sie entschieden sich beide dafür. So gingen sie wieder ein Stück durch den großen Palast und traten schließlich ins Freie. Sie fanden sich in einem wunderbaren Garten wieder, mit Beeten, auf denen bunte Blumen, gestutzte Sträucher und schattenspendende Palmen wuchsen, und dazwischen verliefen Wege aus hellem Stein, die dazu einluden, die Pracht zu durchstreifen. Doch Hamadi schenkte der Schönheit dieses Ortes wenig Aufmerksamkeit, denn er entdeckte seine Familie, die schon dort war. Mutter Rehema saß auf einer steinernen Bank und seine Schwestern Satiah und Tahirah standen bei ihr und sahen ihren Bruder. Dann ging es sehr schnell und im nächsten Moment lagen sie sich in den Armen und die eine oder andere Träne konnte nicht zurückgehalten werden. Sicher waren die zwei Soldaten Sefu und Azibo, die sich ein wenig zurückgezogen hinter Hamadi aufhielten, sehr ergriffen von diesem Wiedersehen.

Hamadi konnte kaum etwas sagen. Er war unendlich froh, wieder bei seiner Familie zu sein und wusste jetzt, dass er es wirklich geschafft und überstanden hatte. Auch hatte er nun mächtig viel zu erzählen, doch das konnte noch warten. Erst einmal näherte sich ihnen wieder ein Diener in Begleitung zweier Männer. Der eine war eine Wache und der andere war niemand sonst als Unas. Hamadi und seine Familie sahen den Sohn und Bruder, dann lief dieser vorbei an dem Diener und der Wache auf sie zu. Sie fielen sich in die Arme und Unas wirkte heilfroh, aber auch niedergeschlagen. Er weinte und schien tief von Reue und der Gefangenschaft gezeichnet zu sein. Doch trotz allem, was geschehen war, trotz seines unehrenhaften Diebstahls und allen Ereignissen, die als Folge daraus hervorgegangen waren, hatte sich die Familie doch wieder zurück. Sie waren alle wieder beisammen, frei und unversehrt.

KAPITEL 34

Der Tag der Rückkehr würde Hamadi für alle Zeiten im Gedächtnis bleiben. Gerade als seine Familie und er den königlichen Palast verlassen wollten, um nach Hause zu gehen, wurden sie von einem Beamten aufgehalten, der ihnen im Namen des Pharaos etwas übergeben wollte. Es handelte sich dabei um einen kleinen Beutel mit schwerem Inhalt. Münzen befanden sich darin! Es war ein derartiger Geldwert, wie sie ihn sonst für einige Monate zur Verfügung hatten. So würden sie ihre eigenen Mittel gut ergänzen können und würden nie wieder Probleme mit der Armut fürchten müssen. Damit erfüllte Mentuhotep II. sein Versprechen, Hamadi für die Erfüllung des Auftrags zu entlohnen. Doch der Beamte erklärte, dass das noch nicht alles war. In einigen Wochen würde jemand der Familie nochmals ein solches Säckchen mit Geld bringen. So sollte der gesamte Lohn innerhalb eines längeren Zeitraumes ausgezahlt werden.

Die Familie bedankte sich etwas verlegen und ging schließlich hinaus in die Stadt, gefolgt von Sefu und Azibo. Bevor sie sich von den zwei Soldaten verabschiedeten, luden sie sie ein zu einem gemeinsamen Abend im Haus der Familie.

Diese Zusammenkunft fand zwei Tage später statt. Auch Yanara, die älteste Tochter, die bei ihrem Mann wohnte, kam und so war die ganze Familie beisammen, ergänzt von Sefu und Azibo. Sie saßen in einem Kreis auf dem Dach des Hauses. Hier oben war genügend Platz und gute Luft. Nun war es endlich so weit und Hamadi fing an, von der Reise zu erzählen. Dabei gab er sich Mühe, alle nennenswerten Ereignisse von Beginn an in der richtigen zeitlichen Abfolge zu beschreiben. Natürlich halfen Sefu und Azibo immer wieder. Sie ergänzten und schilderten auch ihre Sicht der Erlebnisse. Den Zuhörenden stand die Spannung auf die Stirn geschrieben und sie bekamen ein Verständnis dafür, wie schwer und gefährlich die ganze Aufgabe gewesen war. Manchmal stellten sie zwischendurch Fragen und am Ende waren sie einfach nur froh, dass Hamadi hier war und es ihm gut ging. Inzwischen lag alles in Dunkelheit und die Sterne funkelten am Himmel über ihren Köpfen.

Für eine Weile herrschte Schweigen und nur das Zirpen der Grillen erfüllte die milde Abendluft.

Dann sagte Unas: »Nochmal vielen Dank, Hamadi, dass du das alles auf dich genommen hast. Es ist gewaltig, was du da für uns getan hast. Und vor allem für mich, muss ich leider sagen. Du weißt, wie ich es meine.« Er sah beschämt nach unten und fühlte sich schuldig.

»Lasst uns von jetzt an nach vorne schauen«, sagte Hamadi und mit diesem Motto sollte es nun weitergehen.

Die Sonne stand hoch am Himmel und bei der Wärme, die sie ausstrahlte, war jedes bisschen Schatten willkommen. Davon gab es jedoch nicht viel auf den Feldern, die sich um das Stadtgebiet von Theben erstreckten. Hier waren die Brüder, Hamadi und Unas, heute wieder und arbeiteten wie gewohnt. Es war nicht leichtgefallen, ihren Freunden und

Bekannten, die auch als Bauern tätig waren, zu erklären, warum sie beide so lange fort gewesen waren. Die ganze Geschichte hatten sie nicht erzählt — genau genommen hatten sie nicht einmal den eigentlichen Grund ihrer Abwesenheit genannt. So wurden sie inzwischen als die zwei Brüder mit einem gemeinsamen, vielleicht spannenden, vielleicht zwielichtigen Geheimnis beäugt. Doch daran störten sie sich nicht. Für sie hatte sich doch noch alles zum Guten gewandelt und dafür waren sie dankbar und einfach froh, wieder hier sein zu dürfen.

Gerade schaute Hamadi in Richtung Nil. Über den Papyrusstauden und dem Schilfbewuchs ragte der Mast eines großen Schiffes, das flussabwärts fuhr. Möglicherweise kam es aus Nubien. Hamadi dachte an Menes, den Anführer der Goldexpedition, mit der er anfangs gereist war, und an Baniti, den Schreiber, der diese begleitet hatte. Wo sie wohl jetzt waren? Ob sie bald zurückkehren würden? Vielleicht waren sie auch schon längst wieder hier. Hamadi konnte es nicht wissen, aber er hoffte darauf, sie eines Tages wiederzusehen. Gerne wollte er hören, wie ihre Reise verlaufen war, nachdem sich ihre Wege in Swenu getrennt hatten, und auch von den eigenen Abenteuern erzählen. Außerdem war es ihm ein Anliegen, sie über den Tod von Ahhotep in Kenntnis zu setzen.

Es tat ihm weh, diese großartige Person verloren zu haben. Wenn er jetzt in der Ferne die Wüste sah, erschien es ihm schier unheimlich, dass er diese Landschaft tagelang durchquert hatte. Doch mit Ahhotep als Anführerin war so etwas und noch mehr möglich gewesen. Überhaupt war das ganze Unterfangen ein unglaubliches Erlebnis gewesen. Gelegentlich wachte er morgens auf und es kam ihm ins Gedächtnis, wie ein Traum, den er gerade geträumt hatte. Doch alles war echt gewesen. Und diese Tatsache konnte ihn manchmal zum Lachen bringen, manchmal aber auch erschrecken. Dann fragte er sich, was die zwei Soldaten, Sefu und Azibo, wohl gerade machten. Soweit er es wusste, hielten sie sich noch immer in Theben auf. Und der Mokrulus? Sicher hatte der Pharao ihn bereits zerstört. Eigenhändig, wie er es tun musste, um die mystische Kraft zu zerstören. Aber Hamadi würde nie vergessen, wie es sich anfühlte, diesen Schatz – das kalte, schwere Gold – in der Hand zu halten.

Es waren nur noch wenige Stunden, bis die Sonne sich neigen und alles in ein tiefgoldenes Licht tauchen würde. In der abendlichen Stimmung würde Hamadi zusammen mit Unas den Weg nach Hause antreten.

ANHANG

FIGURENVERZEICHNIS

Hamadi Bauer

Unas Bauer, Bruder von Hamadi

Satiah Schwester von Hamadi

Tahirah Schwester von Hamadi

Rehema Mutter von Hamadi

Yanara Schwester von Hamadi

Mentuhotep II. König und alleiniger Herrscher über das ägyptische Reich

Sefu Soldat

Azibo Soldat

Ahhotep Anführerin auf der Reise

Menes Leiter der Expedition

Baniti Schreiber